# 與世界一起散步

小日子小堅持

蔡詩萍——著

# 代序

## 當另一半說，我要你「給我」好好活著時！

清晨，微雨，風透。

送完女兒上校車。轉往加油站。認識多年的老闆，見我來，靠過來寒暄。

這麼早啊？

送女兒上學啊。

時間真快，以前看你們夫妻搬到這，來加油，小孩子還是北鼻，現在高中了吧？

還國三，不過也快高中了。

你們夫妻都沒什麼變哦，尤其你太太，前兩天來加油，還是一樣很漂亮啊！

我對她笑笑，她遞給我發票，我由衷的點頭：我太太是真的蠻漂亮的，沒什麼變！

我們相互笑笑，我啟動車子，駛出加油站。

是啊，一晃眼，都十五年了，我們搬來這所知名大學座落的市區邊陲。歲月總是在變化的。我們應該也是。不然女兒怎麼會從襁褓之中，長成如今亭亭玉立的模樣呢！總不會是一夕之間，豌豆突變成一落攀藤樹叢吧？變化，總在日夜交遞裡。感情，愛情，親情，無一不是。

疫情還在蔓延中，人心不免惶惶。有陽光，也令人心憂，何況碰上濕雨答答的日子。心頭也要發霉了。

我的大學同班群組上，都在集氣祝福我的老同學，知名的政治學教授王業立。他洗腎了好一陣子，一直在等換腎。前幾天，他貼了文，終於等到了。我們很為他高興。他還在春秋鼎盛之年，健康對他，對他家人，對他學生，對他熱愛的教育，無疑是關鍵的。我們很為他高興，有人捐了一顆腎給他。又隔了幾天，他貼了一張照片，是捐贈人與被捐贈者的合照。兩人雖然都戴了口罩，但我們同學一看都知道，天啊，那不是他結髮多年的太太嗎！

笑吟吟的她，與被捐了一顆腎的老公，兩人開心的合影。那笑裡，必然有過淚。那淚裡，必然有過日常的摩擦，有過個性的角力，有過你我太親密而不得不發生過的夫妻的點點滴滴。但都沒關係啊～此刻，此時，我只要你好好活著，我只要你，「給我好好活著」，行嗎？你懂嗎？

我驅車轉過街角，在便利店拿了杯咖啡，看我同學的臉書。突然，眼角迅速被模糊占領。

哪對夫妻，哪個家庭，沒有自己的日常軌跡，沒有自己的夫妻故事呢？

我跟我太太，在好友聚會，非要合唱一些歌曲時，她有她的歌單，我有我的老歌，但我們從眾的，也要有幾首是可以被送做堆，夫妻合唱的歌曲。〈因為愛情〉是其中之一。我們唱著，唱著，竟唱過了好些年。

「聽聽那時我們的愛情／有時會突然忘了我還在愛著你」

是啊，寫歌詞的人，懂人生。當日子在一天天的交遞中，在孩子一寸寸的拉長中，在妳我一年年的變老中，不停歇的奔流後，我們難免忘了很多當年是怎麼開始的，那段充滿激情的時光。但，我已經不愛妳了嗎？妳已經不愛我了嗎？的確，在爭吵時，在賭氣中，在身旁偶有誘惑之際，我們或許會有那麼一些「忘了我還在愛著你」的困惑。但，我們真的不相愛了嗎？

我想起我的同學，我想起他的妻子，愛，唯有在「某一些關鍵時刻」出現時，才是挑戰、證明的時刻！我要你好好活著，我要你「給我」好好活著！我突然閃過一個念頭，促狹的念頭，我的同學，或許也跟我們很多同學一樣吧！平日，當太座要我們做這、做那，當她說出「你給我聽好……」時，我們心中總有些嘀嘀咕咕，做惱公的嘀嘀咕咕。但當我們的太座，像我同學的太太那樣，說出「我要你給我好好活著」，因為「我要你」給我好好活著所以我決定「給你一顆我的腎臟」時，我們能夠忘記我們擁有的愛情不是幸福嗎！我也想到了，正在為生命奮力一搏的「國標女王」劉真，想到了她的老公也必然在日夜煎熬的交遞中，全力以赴，寧可以身替代的辛龍。

天地間，沒有日日夜夜水乳交融的愛情，在時間的長河裡，那像神話。可是，必定會有，也應該有，在日日夜夜交遞中，我們彼此堅信的，有朝一日，萬一有事，我會在你（妳）身邊的承諾。

這是夫妻，這是愛情，這是承諾。

「因為愛情／簡單的生長／依然隨時可以為你瘋狂」

相信我，老婆。相信我，老公。

我們相信，愛情，因為，那就是承諾。我們必須為對方，好好活著。在關鍵時刻，我願意為你（妳）再瘋狂一次！

後記：這是疫情中，看到兩起夫妻故事給我的感觸。很遺憾，劉真離開了。祝福辛龍，願他帶著女兒勇敢站起來。

# 目次

# 01 他從來不肯卻步

快遞送來包裹。

翻看一看，隔著透明包裝，物件上印著「2020萬金石」字樣。

我笑了笑。

肯定是的，我最珍貴的一件，馬拉松慢跑衫。

我喜歡慢跑。國高中養成的習慣。

國中時，身型矮小，坐車容易暈，不知從哪裡聽來的強身之道，便開始慢跑。

家居村落的後面，是小山，有一大片茶園。茶園間，有便於車輛進出的產業道路。沿山坡蜿蜒而上的，是可以登山的小徑。

我常常利用周末周日，帶著片語或單字字

典，從家門口一直跑向茶園深處跑向山丘頂。

那時也沒手機可以計時、計路程，不過長大後，帶著手機去重溫往昔記憶，算算約莫來回一趟竟也有個四五公里呢！

跑步，不是什麼愉悅的運動。適合的，是我這種有些害羞、沉默的男孩。

跑去，跑回，中間稍稍休息喘氣時，便做上幾十個伏地挺身。然後，背單字背片語。仰望天空，有時晴空萬里，有時白雲飄過，歲月就那樣，也飄逝了國中、高中，乃至於大學研究所。

跑步，從來也沒有停過。

我始終無法適應室內健身房的跑步機。

除非天氣實在太差，不跑又渾身不對勁，我才願意在跑步機上跑它幾公里。

戶外跑步，我也不愛戴耳機。

總感覺戴耳機聽音樂的跑者，是為了忘卻跑步的單調，甚至跑步的肉體之痛。

可是，選擇跑步這運動，多半不都是為了「享受」跑步的過程嗎？

這過程，是一系列的痛的提醒。

小腿的緊繃，大腿的拉扯，膝蓋承受身體的重量，心臟負荷劇烈的蹦跳，鼻腔猛烈灌入晨曦或冰冷的空氣，上午或熱燙的悶窒，這種種痛之提醒，不正是我們跑步人要經驗的過程嗎？

而後，才有迎向終點線，最後的堅持，最煎熬的咬緊牙根，奮力一搏！

我是不願意「忘卻」這些過程的。

但二〇二〇年的萬金石馬拉松，肯定是我這一輩子不會忘記的。

我連抽三年，終於抽到。卻在賽前，主辦單位宣布，疫情方興未艾，保留參賽資格，到明年。

我有不少件馬拉松慢跑衫，跑完的，當然是紀念。臨時退賽的，也怨不得別人，跑衫就留作平日的訓練用。

唯獨這件，2020萬金石馬，新型冠狀病毒COVID-19，逼著主辦單位停辦，逼著我們跑者停步，你這一生，不一定能碰到，但我就碰上了！

12993，萬金石馬拉松編號，全馬，男性。

完賽限制，六小時之內。

我本來有機會試試，在沿著萬金石的海邊，一路試探四十二公里的能耐，但這一切，都因為疫情，停止了。

我收到包裹。我打開包裹。

編號12993。

那個老男孩，跑過了國中，跑過了高中，跑過了大學，跑過了初戀，跑過了失戀，跑過了而立，跑過了不惑，跑過了婚姻，跑過了奶爸，跑過了知天命，跑過了花甲，跑過了人生的酸甜苦辣。

在新型冠狀病毒肆虐的這一年，他繼續跑。

萬金石可以停賽，他卻明白他的人生不能卻步。

他收到包裹。決定明早，穿上這件2020萬金石馬拉松跑衫，跑出門，跑出他從國中起從不卻步的人生！

02

# 他可幸福了，因為陪女兒吃餐飯

女兒下了課，臉色疲憊的走出上課大樓。我笑盈盈迎上前，她交給我長笛、樂譜，說了聲好累，鑽進後座，斜躺下去。

車子駛出彎彎曲曲的巷子。

「午餐想吃什麼？」我問。

她沒好氣的回我：「有什麼好吃的？」

我趁她上課，選了幾家小店。吃完趕著去補習，只能在附近找吃的。

她突然眼睛亮起來。去吃那家好久沒去的泰國菜，好嗎？爸比。

這時，會叫爸比了！

我差點沒感動到掉眼淚呢！女兒。

我們把車轉向那家小店所在的位置。

她小的時候，我們全家假日愛去那家店吃泰國菜。酸酸甜甜，辣不嚇人，大小都愛。不遠處，有座小公園，吃完飯，我們慢慢晃過去，輪流牽著女兒的手，看她歡天喜地的溜鞦韆、吊單槓，在草地上亂跑。每每都覺得這就是永恆。不過時日一久，其實也便淡忘了。如一層一層堆疊的舊雜誌，你明明清楚哪些封面故事你還印象深刻，但堆在那，一層一層的堆疊，久了，你也便不在乎了。

但真的不在乎嗎？

女兒也不在乎了嗎？

她的小腿纖細，當時。

小手柔軟無比，當時。

小臉蛋夏日裡玩得汗涔涔，當時。
冬日裡樂得紅撲撲，當時。
「親子之間的把玩是有賞味期的。」這提醒，我當時怎麼也不願意接受。我是樹，任她攀爬；我是鋼鐵人，任她敲打；我是她的雲，她的天，她要多高，我給她多高！
時光，終究是煞風景的。
青春期的她，笑顏多半是對著同學。女孩兒的話題，可以對著媽咪傾心。可很少，是對著老爸我了。
趁她心情好，問她。
因為你是男生。女兒理直氣壯。
可這很矛盾，她明明又很樂意跟小男生們一塊吃飯聊天啊。
答案應該是，我是老男生，還是她老爸。
這注定了要在她青春期之後，安安分分做個老爸。

買早點，提書包，開車載她，補充零用錢，接到簡訊到指定捷運站等她，不能再隨便抱她親她了。

我們坐下來。

我讓她點菜。

她看看 menu，看看我，她要蝦醬空心菜，要咖哩可以沾麵包那種，她看看我，我說妳挑，她說要不辣的黃咖哩牛肉。我說不要月亮蝦餅嗎？當然要啊，她點頭。

我點杯啤酒，她要了芒果汁，最後還加了摩摩渣渣當甜點。

我們父女坐下來。

進門時，量了體溫，濕酒精乾洗手。

女兒把口罩摺疊起來，放在一旁。

長長的頭髮，在陽光折射進餐廳的明亮下，完全是一副青春期女孩的模樣了。

她時而滑滑手機，時而跟我隨意聊。

她還記得我當年抱著她，穿過日本交流協會大樓旁的巷道，往公園走去。我讓她踩在矮牆上，牽著她走路像踩平衡桿玩遊戲。

她邊回憶邊笑談，邊撕下一塊麵包沾著咖哩往嘴裡送。

我多歡喜當她的爸爸啊！我多慶幸不曾因為嫌累，不曾因為偷懶，而少去抱她、少去陪她啊！她慢慢會模糊掉這些畫面的，她的記憶匣會一層一層塞滿往後更多的記憶。但我沒有少抱過她，沒有少陪伴她，這份溫暖是屬於我自己的。老年時，用來下酒配咖啡，閒嗑牙！

jolly

03

# 他追劇，追的仍是心底最柔軟那塊

疫情陰影下，少出門，多追劇。

心情悶悶。想看「喪屍片」。

這類劇情多半誇張，不過病毒肆虐、人人自危、疫情所侵之處，人性是最煎熬的考驗，這幾乎仍是所有藝文題材無可迴避的命題吧！

即使是喪屍片，我還是偏愛人性可在其中發酵、發光、發熱的類型。

沒辦法啊，我乃大齡男子，上有高齡父母，下有青春女兒，身旁有美麗嬌妻，我不可能在置身奪命危機關卡上，只顧自己逃命求生。

雖然一旦發生這樣的危險，我是不是會

怕？我是不是會怕而苟且偷生？我是不是會自私自利、犧牲旁人？沒人知道。

可是我仍然相信，若在意識的底層，經常提醒自己愛的真諦、愛的付出，也許練習得夠久後，危機噴發的那一瞬間，我們會本能的反應，挺身搶到第一線，只因為我們是真的愛我們心中的所愛！

我注意到拍得夠好的喪屍片，必然碰觸兩類人性很本能的掙扎。

一是，你當然知道被喪屍咬傷的人無可挽救，最終要淪為喪屍，忘掉一切忘掉你，只聞到你是活人的滋味。而你，唯有刺穿他的頭，才可自救救人。但你如何忍心刺穿那顆你曾經親吻過、曾經以手撫摸過的臉龐呢？你稍稍猶豫，下一個喪屍，可能就是你！怎麼辦？這是人性的不捨。

不要以為唯有在電影裡才有。不少人在面對親人該不該拔管前，陷入的仍是這樣的掙扎。

我們愛一個人，因而不願意成為傷害他的那個人！

二是，你往往比你以為的，更愛你的親人。不碰到致命關頭，你不知道，而對方也不會知道。但喪屍片給的困境是，當你知道了，對方也知道了，之後呢，你們就到了說再見的時刻。

那是我們人生最弔詭的際遇。我們在日常生活裡，爭吵、鬥氣，認定彼此不可能是互愛的一對、是摯愛的親人，卻在你做出犧牲讓我活命的那一刻，我們才知道原來我們是如此的愛著對方，但一切都太遲了。

好的喪屍片，其實也跟所有好的戲劇一樣，在觸摸我們的靈魂，在解開我們關係的桎梏，在審視我們自身的無知或驕傲。但就怕你看完之後，稍稍有感，卻很快又被日常深淵給拉回去了！

連續追了幾部喪屍片，我最動容的是製作成本不大，不刻意嚇人，卻張力十足，感動萬分的澳洲片《禍日光景》（《*Cargo*》，或譯為《負重前行》，更貼近劇情內容）。

一對夫妻，在末日的喪屍大陸上，攜帶剛出生的女嬰逃生。母親感染了，丈夫不忍立即殺死她，自己反倒被咬，最終不得不下手。（觀眾一定邊看邊罵，看吧婦人之仁嘛！）

他帶著女兒，要趁自己還未變成喪屍之前，找到可以信賴的人照顧嬰兒（英文片名《*Cargo*》的由來）。

透過一位澳洲原住民小女生的協助，他硬撐到部落裡，交付了女嬰。

結局出人意表的感人，族人準備把長矛插入他的頭顱之前，那女孩拿出這男人的妻子生前交給他的，一瓶用來安撫女嬰情緒的，有著母親香水味道的噴劑，在已經成為喪屍的男子鼻頭前噴了噴，就在喪屍皺眉似乎有所感的剎那，一槍刺下。

生命既然不可挽回，那至少要在最溫柔美好的回憶下結束吧！

我當然看過帥哥布萊德彼特的《末日之戰》、孔劉的《屍速列車》，都好看，都有觸及人性的溫暖，唯獨《禍日光景》最令我揪心，因為「不忍」與「掛念」，不正是我們為人夫為人妻、為人父母，最脆弱也最剛強的揪心嗎？

04

# 他想，燕子回來了，春天不遠了吧！

我站在櫃台前，以為店員大概在後面忙。

不以為意的，站著，等他。

大清早，客人極少。

不料，他突然從櫃台旁站起身，趕忙戴上口罩，喊著對不起對不起。

我遞給他兩份帳單，結了一顆飯糰、一杯熱拿鐵的帳。

趁等咖啡時，我們隨意聊起來。

大夜班很累哦！

還好啦，習慣了。

怎麼這陣子都是你大夜？

找不到人啊！

撐得住啊？

要賺錢啊，我還有個白班呢！

幾點？

十點。

那你都不睡覺啊？

又不是超人！怎可能不睡？白班只有三小時啦，做完，領個便當，回家吃完睡覺。下午都在睡啦，沒差。

這樣幾年了？

好幾年嘍，沒差啦。討厭的是，接班的老是遲到，害我白班那邊常被罰錢。

我尷尬的笑了，沒打算接話。

這便利商店我常來，白班夜班，值班的，都成了熟人，彼此抱怨，我很難插話。

剛好有客人過來結帳，我道聲加油，拿著咖啡，走出便利商店。

大清早，路上人車皆少。天氣不算涼，看樣子，白天怕是要熱了，儘管還是三月天。

咦，幾隻燕子?!

我眼前飛快竄出幾隻燕子，沒錯，是燕子。

我往大學路上這條街望去，竟然有好多隻燕子，飛快地竄上竄下，帶著尖銳短促的叫聲。

燕子回來了！春天也要回來了！

燕子會在這條街上的騎樓下築巢。幾年前我便注意到。

一窩就在便利商店旁，燕子聰明，選在電表的上端，屋梁往外凸出的一端上，搭起一個窩，一對燕子爸媽帶一隻小燕子。唧唧唧的，還滿吵的，但生機勃勃。

不經意的，一段時日後，燕子不見，空巢仍在。季節變換了。

我望望飛舞的燕子。

會是那座空巢原來的家族嗎？

不是說什麼，燕子去了，有再來的時候。楊柳枯了，有再青的時候。桃花謝了，有再開的時候。但聰明的你，請告訴我，為什麼逝去的日子一去不復返呢？

我們當年讀的朱自清，呵呵，我突然笑了，應該是當年的國文教育成功！我才會站在大清早的馬路上，乍看燕子忙碌幹活，腦袋中竟浮起這麼詩意的句子！真是政治不正確啊。

我往停車的方向走去。有人晨跑，有人買早點，有人快走健身。

我回過神，才留意到，沒有太多人戴口罩。戶外吧，又是大清早空氣新鮮，戴口罩反而彆扭。

我摸摸口袋，口罩有帶。

我想起剛剛便利商店大夜班慌忙戴起口罩接著忙抱怨的畫面，自己也覺得好笑。

跟我抱怨有用嗎？

顯然沒有。

那為何要訴苦呢？

應該是太無聊或太生氣吧！

或許也是因為我的臉長得太像具有療癒性的長輩臉？（我順勢摸摸自己的臉龐。）

我也不曉得接他班的，為何老是遲到？是太累？還是慣性遲到？

但跟我抱怨的大夜班，竟然這裡下了班，還要騎車往另一地點趕白班！

他說他不是超人，但這樣大夜到白班，連續好幾年，他怎麼不是超人?!

為了生活，為了在這個年復一年的季節交遞中往前走，我們每個人，討生活的人，都是超人啊！

只是我忘了，電影裡的Super man有沒有抱怨太累，抱怨沒人接班，或接班的人太愛遲到?!

我們畢竟也不是真正的超人，不是嗎？

燕子回來了。春天回來了。

聰明的你，請告訴我，我還是「那時候的我」嗎？那個不必常常戴口罩的我！

05

# 他決心，廢了，也要做堂堂正正的蔡拔拔！

老同學傳了張圖給我。

社群媒體上很愛的那種截圖。

有時是很長輩的提醒問候，有時是很無厘頭的搞笑與反諷，有時則是逆向思考的好玩。

「請做一個堂堂正正的廢物吧！」

嗯，我把右手掌抬起，捏成握拳狀，但把大拇指、食指，擺出一個側躺的數字7，頂在下巴上，一副自以為很廢的酷樣，然後回我的同學：「收到了。請放心，你同學我，一直都是個堂堂正正的廢物。不用擔心。請擔心你自己，呵呵！」

我是成長於隨時宣揚「做個堂堂正正××

人」時代的世代。

即使長這麼大了，不小心，還是很會背誦「青年十二守則」，什麼「忠勇為愛國之本」、「學問為濟世之本」、「整潔為強身之本」，考試會考，一定要背。但至今整潔一項，還是經常被老婆唸被太座K。

顯然會讀書，不見得會做人會做事，沒錯。

我這把年紀的大老們，尤其是老男人們，聽說都很會說大道理。

女兒在送給我的生日卡片上，寫著：「爸爸我知道你很愛我，我也愛你。感謝你每天幫我準備早餐，滿足我的每一項需求。但是請你不要講大道理，我已經長大了。祝你生日快樂，我愛你。」

我在生日過後的某一天清晨，送她上學時問她：「什麼是大道理？」

她咬下一口銀絲卷，黑眼眸在白眼球裡轉了幾圈，回答我：「就是那些有的沒的啊！」

說完，盡顧著她的早餐，她的ＩＧ新訊息了。

原來，「大道理」就是「有的沒的啊」的道理啊！

不過，既然是「有的沒的」，那也應該不是什麼「道理」了吧？

我們那時代的「大」道理，到了我女兒這世代都成了「有的沒的啊」，這有趣，這好玩，這令我要好好想想其中的「道理」！

想想，我們那年代，真箇是「很愛講大道理」的年代啊！

只是，如今回頭去看，當時「能講大道理的」，好像不是「偉人」，就是老師，再不然，就是爸媽，特別是爸爸！

我小學畢業，拿到校長獎，禮物就是一本國文字典，扉頁上的題字（其實是蓋印），印的正是「做個堂堂正正的××人」。國中畢業，考上高中，老爸送我一枝期待已久的派克鋼筆，筆身上也刻了字「做個有為有守的青年」。

我高二之前，幾乎都是在「民族偉人」的格言訓詞下成長的。高二他老人家過世後，霎時間，我都不知道沒有了偉人，我們能不能活下去?!「偉人」原來也會過世啊！

那真是一個唯有偉人，才可以講大道理的年代啊！

但還好偉人之後，要複製偉人，是不太容易了。

於是，我的高中，我的大學，我有了很多禁書可以買可以看可以談。雖然也是講很多大道理，但至少不再是一個人講，我們乖乖地聽，乖乖地背，還要乖乖地考！

當大道理不再是一個人講了算！當大道理人人可以講，講了也不用考、不用背之後，其實大道理也就沒有「大」到什麼你非知道不可的「道理」了！

我女兒卡片上講的道理才是「真道理」。

她愛我，她知道我愛她，這就是「硬道理」。

除了讓她感受到我的愛，還管它人生要有什麼大道理呢！就算「廢物」也要堂堂正正！

從今而後，我只要做個「堂堂正正的蔡拔拔」，就好！

06

# 他才知道
# 他比自己以為的
# 更想牽她的手

有陣子，妻子跟他嘔氣。

賭氣不說話。當然也不牽手。

他也氣到了，不牽就不牽。誰怕誰呢？

某晚，他醒來。

一下子，忘了怎麼回事，因為發現自己躺在客廳沙發上。

月光穿透落地窗，灑在客廳裡，彷彿湖面一般，晃蕩的柔和感。

他嚇了一跳。以為自己還在做夢。

但並不是夢。

他靜靜躺了一會。確定是醒過來了。然後去廚房倒杯水，冰冰涼涼的水，灌進喉嚨，他知道自己不是在做夢。

他步回客廳，躺回沙發，想起來自己不進去臥室好幾天了。

本來沙發折騰身體，睡不好。不料幾天下來，也適應了。

他跟自己講，誰怕誰啊！不說話就不說話，不牽手就不牽手啊！誰怕誰啊！

躺回沙發的他，像沉浸在湖水之涼意裡的他，飄飄蕩蕩，浮浮沉沉，不一會，又睡著了。

他有做夢。

他做了去藥局排隊買口罩的夢。

排了很久。排到他時，沒有口罩了。但藥師遞給他一束花，說這個給你太太。

他心想，神經病呢！花又不能擋病毒。

但很奇怪，他拿了花束，在路上飄蕩。

一下子，又跳到他在游泳。

但花束還是在他手上。奇怪呢，夢裡怎麼捧著花束還可以游蛙式?!還一游就游了兩三千公尺，穿過了人群，穿過了日月潭。花束還在他手上。

他跟妻子為什麼吵架呢？

他的死黨穿著白袍，竟然拿起聽診，聽他的心跳。

問他：「你們為什麼吵架？」

他支支吾吾了老半天。突然妻子從旁邊跳出來，喊著：「你看吧，你看吧，你就是不知道我為什麼生氣，真是氣死我了！」

然後，她竟然像扮家家酒，嘟嘴，插腰，恰北北。你小學暗戀的班長，回到你面前了。

你不知為什麼，哭了。

在你死黨面前，哭了。他穿著白袍，但他不過是一位懂點星座的投資客而已。而且當年他還說：「你跟妻子的星座滿速配的！」

你真的哭了。

因為你醒過來，發現眼眶濕濕的。而且，你發現自己身上披著一條小被子。

你瞬間知道，啊，妻子悄悄為你披上被子了。

她有望著你的臉，默默看一會嗎？

她有想要親親你的衝動嗎？

她有想要原諒你的意思嗎？

她有伸手過來牽牽你的手嗎？

你抓緊被子，覺得一切都無所謂了。

既然她悄悄的，半夜起身，為你蓋上一條小被子。

你望著窗外，皎潔的月光。

夜，很深，很沉。

你又睡著了。

直到，天光乍曉。

你睜開眼。

被子被你踢到沙發下。

你卷縮成一團，你是被清晨微微寒意凍醒的。

你伸手抓起被子。

蓋在身上，想起半夜，你發現妻子為你蓋被的事。

你仔細想想，不對啊，你睡前，蓋的就是這條被子啊！

現在手上抓的，仍是這條被子啊！

誰也沒有為你蓋被子，是你想太多了。

你是在做夢。夢到以為妻子為你蓋被子。

啊，你輕輕「啊」一聲。

為什麼你會在夜裡做這麼多亂七八糟的夢？

毫不搭嘎的事，都拼成一個夢的拼盤。
它們唯一的線索，你還是想牽她的手，對吧？
一起散步，一起吃飯，一起躺在一張床上。甚至一起繼續吵架嘔氣不說話，但都還是手牽著手。
你比你以為的，更想牽她的手。
無論月光下，無論星辰夜，你坐在那，望著妻子插的盆花。

07

# 他看著妻子吃完的貝殼，堆成小日子古文明

老闆早啊。

早啊，蔡先生。

我挑了空心菜、地瓜葉，猶豫著，再來點什麼葉菜類好呢？

嗯。水蓮最近常吃。大白菜冰箱還有半顆。

腦袋一轉，想起來，有條南門市場買回的湖南臘肉，可以炒什麼呢？

蒜苗，常吃。大白菜，那吃掉的一半就是炒臘肉啊！

老闆看我陷入困境。

安慰我：「哎呀，家常菜攏是按呢啊，我嘛是，炒來炒去，攏差不多。」

我問她：「妳吃臘肉嗎？」

「食啊，臘肉炒蒜苗，好食！」

「蒜苗，大白菜之外，還可以炒什麼？」

老闆看看她的菜攤。

像總司令校閱部隊一樣。

她眼睛望向最角落處，「炒窩筍，嘛好食哦！」

我第一次聽到窩筍。

我看了看。長長的，皮好像很厚，尾端像綁了馬尾。我有點猶豫。

老闆似乎看出我愛吃又嫌麻煩的本性。俐落地拿起一根，說要的話幫你削皮處理好。

我當然點頭如搗蒜。

她一邊俐落地削皮，我趁便請教這道菜做法。

原來窩筍就是我們在餐廳裡，常常吃到的小菜之一。多半是切片涼拌，加點碎碎的蒜頭，一點點香油，冰鎮後，開胃奇佳。

我記起味道了，嚼來脆脆甜甜。

老闆說對啦，我就說你一定吃過的啦。

那炒臘肉，也差不多跟用大白菜、蒜苗一樣嗎？

是啊，下油，爆炒，加點蒜頭。

老闆邊回我，邊把空心菜、地瓜葉，還有削過皮的窩筍，套進塑膠袋，遞給我。

找錢給我時，還塞了一把蔥。

笑著對我說，我就算算你好像又三四天沒見了，也應該要來買菜了吧！

說著，又有兩三位客人走進菜攤，她熱絡跟對方打招呼。

我要離開時，她回過頭，嗓門加大，要常來啊！多吃青菜會健康啊，你不來我的生意難做啊！

我想，她應該對每個客人都這樣喊話吧！

我笑了笑，轉往二樓，去為女兒買點排骨、肉排，發育中的青少女，多吃排骨燉山藥、排骨燉白蘿蔔，女兒相對愛吃牛肉勝過豬肉，但唯獨煎豬排她還愛。

轉進海鮮攤位，挑了新鮮的海瓜子。這是老婆的最愛。

魚攤老闆要我看看石斑，我搖搖，太大隻，我們吃不完。

他又指指金線蓮。骨刺大，乾煎煮湯都好。

我輕輕壓了壓魚身，很彈性。老闆說，今天一早來的，很新鮮，你放心。

我點點頭。再要了蝦仁。可以炒蛋，可以清炒。

一早的市場，生機勃勃。

大清早的市場，這時最剛好。人還不多，多數人是要送過小孩上學，再進市場買菜。差不多是我買完菜，去咖啡店買了咖啡之後，市場的人潮才慢慢湧現。

家裡人少，買菜買久了，連攤子老闆都摸熟我的套路。

菜不宜多，不宜大，三人份左右。

我多半是三到五天，逛一次市場，青菜買它三天份。魚，三四種，每種剛好一次吃完，魚小一次一條，魚大就剖半，分兩次吃。

肉好處理，買回家，分裝幾小份。要用再拿出來。

吃的習慣，真有趣。

我們夫妻愛吃豬肉，但偏偏女兒沒那麼愛。

我嘴巴一饞，唾液自動連結到蒜苗臘肉、蒜苗香腸，雖然明明知道，吃多不好啊。

老婆愛海鮮。看她一粒一粒優雅吃海瓜子、吃蛤蜊，就是令人心儀。吃完的貝殼，堆成一座小山丘，堆成一個一個小日子。

我想起來，遙遠遙遠的古代，在台北圓山，應該也是有一位粗獷的男人，扛著一袋貝類，從河濱步回山丘，走進洞裡，烹煮後，滿意的看著他的太座，一顆一顆的吃完。

日積月累，年復一年，就堆成了圓山貝塚遺址吧！

08

# 他想著想著，態度便從容起來了

朋友來看他。

送了一副字。

把最近他的書，書名串起來，集成一副對聯。

很老派的文風，卻很溫暖。

而且他來的時候，還戴著口罩，一路走來，淡淡三月天，微微發熱。

我請他在附近一家文創風的小飯店二樓咖啡座坐坐，我們隨意聊著，免不了要談到疫情。

我們進門時，飯店量了額溫，要我們乾洗手，再放我們進來。

我笑著對他講了前幾天我碰到的糗事。

我在小吃攤，點了魚湯，店家招牌。點了一碗米粉油麵的混搭。

稀里嘩啦吃完喝完，滿頭大汗。

走回辦公室前，在路邊便利店再要了一杯熱拿鐵，趁熱一下子喝了三分之一。

走進大樓，門口擺了一台類似機場入關前測你體溫的儀器，你穿過去，螢幕上會秀出X光片一般的身影，紅色若太多，高溫，警報器響。

之前，就放在那了，我當然知道。

還曾好奇跑過去看別人進來時，螢幕上的身影。我且跟保全人員開玩笑，身上裝鋼管的，都被拍出來了吧！

沒想到，我那天才通過儀器，警報器竟響了。

熟識的保全，立馬看著我，眼神露出我平日不曾見到的肅殺。

他看看我。

我也看看他。

我回頭，把咖啡放在一旁，重走一趟。

警報器，像開我玩笑似的，又響了。

保全員這回可是站起身，不開玩笑了。

我驚覺的想起來，我不是喝了一大碗熱湯，喝了熱咖啡，還穿著外套，走了一大段路嗎？

我跟保全解釋。他要我在門外，站一會。等體溫下降，再試試。

我站了幾分鐘，脫下外套，咖啡也不敢喝了。

這回，安全進入大樓。

我朋友笑了。笑得很開心。

疫情陰影下，人人都是嫌疑犯。

我對他說，我很麻煩，愛出汗。

太太常嫌我，一不留神，便汗流浹背，滿臉濕答答，看起來很不從容的樣子。

所以夏天一到，我盡量避免吃麵喝熱湯。

為了要從容～不迫啊～

他又笑了。

從容，是我們大齡男子，必要的修養啊！

他亮出手機，給我看他寫的，蘇東坡的字。

筆力蒼勁，流水行雲，一手好字。

我們竟然聊了蘇東坡，聊了好一會。

我喜歡蘇東坡。很多人看不開，卻又要裝出一副看得開的樣子。蘇東坡不是。

他生性看得開。即便碰到看不開的情境，他也很快便以看得開的心境，去調適他自己的處境。

若是現在，動不動直播的年代，他肯定適應得很好。他必然在鏡頭前，要彈琴便彈琴，要寫字便寫字，要賦詩便賦詩，要填詞就填詞，要吟唱遂吟唱，老婆要罵他，就敞開胸懷讓她罵！

從容啊～從容。從容不就義，只是從容不迫的，面對當下，喜歡自己而已啊！

我們都到了非從容不可的歲數了。

大齡男子啊～

朋友想想，說改天給你幾個字，從容，從容，從容。

他先離開咖啡廳，還得去工作呢！

要黃昏了。

夕陽無限好，只是近黃昏。

黃昏要來，你能如何？除了從容，欣賞，攜手，前行。

他慢慢走著，想起老婆一再的提醒，要從容啊！

進大樓前，他拿出口罩。

青李扶疏禽自來清真逸少手
親栽深紅淺紫從爭發雪白鵝
黃也鬥開斫竹穿花破綠苔小詩
端為覓榿栽細看造物初無物
春到江南花自開騎驢渺渺入荒
陂想見先生未病時勸我試求
三畝宅從公已覺十年遲甲第
非真有閒花亦偶栽聊為清淨
供卻對道人開　鄧治桂書　治桂
蘇軾次荊公韻四絕時軾元豐
七年八月赴汝州途經金陵作

09

# 他從骨到肉都與台灣同在，因為 you are what you eat

似乎感覺到焦慮了。

電視上，大賣場一窩蜂搶購。

我問過妻子，盤點了一下家裡的衛生紙、紙巾、乾糧，好像也實在沒必要堆太多。泡麵本來也是應急，或偶爾當宵夜墊肚子，買來堆放，最後多數是過期扔掉，太浪費。

我們於是不急於搶購什麼了。

中午，趁著去工作，順路經過南門市場，進去吃點小東西，再看看要不要補充些花捲、饅頭、銀絲捲什麼的。

不知是疫情關係，還是午餐尖峰已過。市場裡，空空蕩蕩。

逛市場，最愜意的，是沒人理你。人群摩肩擦踵，擠來擠去，誰管你！店家就算盯著你，吆喝著，多半也是船過水無痕，人潮過眼忘。這是逛傳統市場，有樂子之處。

但今天，一進門，立刻感覺十幾隻眼睛，望著你。

眼神裡，有一股望穿秋水的渴望。

每雙都是。

望著你，走向他，走向她。

我穩下馬步，定眼一望，乖乖，偌大的賣場，我眼前延伸過去，竟然客人小貓兩三隻。

站在店家檯面後的，絕對比走道上多！

我猶豫了。

我是害羞的老男孩。

讓兩邊店家，像招客一樣，左右吶喊，你過來看看，過來看看啊。我實在受寵若驚。汗顏啊~我只是來吃點小東西，順道買點饅頭花捲而已，沒別的意思，真的！

我深呼吸，突然想起我有口罩啊！戴上，就對啦！

果然，人真是奇妙的動物。

口罩一戴，我還是我，但突然有了一道屏障。立馬面對熱情召喚的店家，我不必有因為我不買不進去而顯露的尷尬。反正，他們看不到我的表情，而我的雙目，他們看到的，則是一雙我很驕傲的雙眼皮，大眼睛。迷死他們，不買，無罪！

我在二樓，選了一家黑白切。

一碗陽春麵，一盤嘴邊肉、肝連、一塊油豆腐。給老闆兩百，找我四十。

趁等麵空檔，我隔著口罩，往四周望去。

這是回字型格局。店家在四周，圍繞著中間一大片坐食區。但除了我，也僅有稍遠處，一桌四個學生模樣。

店家們，或站（很敬業），或與鄰居聊天（很睦鄰），一派輕鬆狀。

我看黑白切老闆，從冰箱拿出麵，拿出肉。

跟她開玩笑，這麼早，就把菜都收進冰箱哦！

她邊切邊回我：「生意不好，菜還是要保持新鮮啊！」

我滑著手機，看看今天的疫情新聞。

又新增二十例，都是境外移入。破兩百了。股市破底，台幣貶值，人心惶惶，市集不振，都不是好消息。

我夾起一束熱騰騰的油麵，塞進口裡，呼，好食好食。

陽春麵無疑要燙。燙，湯頭味才熱得出來。

我稀里嘩啦，吃麵喝湯。

一下子，半碗麵湯下肚。

然後慢條斯理的，夾起一塊嘴邊肉，老闆切得準，零點二零點三公分左右的肉片，燙得粉嫩粉嫩，入口仍有嚼勁。這是嘴邊肉的極致。嫩而有勁。

我一連吃了四五塊，嚼得我滿口生津。

肉還沒全吞下，再喝兩口麵湯，塞進一塊油豆腐。

接下來，是處理肝連。

肝連好吃在肉邊連著一些筋，嚼勁又不同於嘴邊肉。

我從小愛吃市場小吃。

伴隨著成長，吃下喝下吞下的，都與我同在，化為身體生命的血與肉了。

即使疫情威脅，即使外食有風險，但我們能這麼輕易被打敗嗎？

我望著店家殷殷的眼神。

決心挺他們。

待會買它一堆，外帶回家。

10

# 他很確信，有故事的人，打不倒的

之後，他寄了幾本書，給那天下午意外遇上的幾位與他同輩的新朋友。

疫情蔓延的季節。

空氣滯悶，他忙完手邊的事，看看時間，到傍晚，起碼三個多小時空檔，書也看乏了，腦袋想放空。

出去走走吧！

但去哪呢？

車子駛出大樓。陽光迎面刺來。

不是年輕時了，那時會想飆去高速公路，跑它半小時，甩掉煩惱，重新開機。奔馳速度，甩掉壓力密度。

現在去哪呢？

他想到開咖啡店的朋友，換了店址，還沒去過，正好帶本新書給他。

去到店裡，靜悄悄。

他把書放在櫃台上，到大門外，隨意看看。

午後，難得的城市悠閒。

不知是不是由於疫情，這樣的悠閒裡總滲出一股淡淡的緊張。

他走過去走過來，一小段路上，店家都幾乎沒人。

往來的行人，也多半戴口罩，行色匆匆。

他走回店裡，還是沒人。

但他聽到一些淺淺傳出的，如一段距離之

外，斷斷續續海濤般的交談聲。

他好奇，往裡頭走，豁然開朗，原來隔一個類似玄關的小轉彎，裡頭竟是一間寬敞會議室一般的包廂。

他要找的朋友，正好抬頭看見他。

然後，他便很自然的融入那群，由於疫情而偷閒出時間來的新朋友當中，又喝茶，又吃燒臘，又聽了許多他並不熟悉的新經驗了。

茶，一位行走兩岸多年的茶藝師帶來的，非常之好的普洱茶。並不刻意標榜老茶，卻讓他在新茶入口後，整個人從悶悶沉沉的午後，醒過來。

燒臘，更絕了。

他畢業的那所大學，有一堆港澳大馬來的僑生，特愛吃廣式燒臘。大學四年，他常跟不少僑生，到校外這家店吃燒臘飯。至今，還常嘴饞。

那天下午，那家老店的第二代，夫婦就在現場。

他問了很多關於這家老店的過往，也像重溫一遍昔日的自己，畢竟那是三四十年前了。

另外一位，從鹿港來，做機能布，跑遍世界。話不多，人卻很溫柔，眼神閃著光芒，彷彿老城區，長巷弄裡，走出來的世故體貼。

一位明顯年輕很多的年輕人，笑瞇瞇的，來自迪化街，有家族事業，卻深深愛上茶，跟著那位茶師傅學茶。

還有一位，店家附近的鄰居，對我母校四周的房地產熟悉得不得了。我朋友的新店址，也是他幫忙找的。

他坐在那，又聊又吃又喝。

兩小時一下子晃過去。

他才要起身。他的咖啡店友人，端來兩盤剛剛烘焙好的提拉米蘇，熱騰騰，香噴噴。他忍不住，吃了兩塊。

怎麼辦呢？

體重超重了。

怕什麼？

疫情還不知道會怎樣呢？能吃就吃，養足體力好抗疫情！

朋友送他走出店門外，天空竟然飄起雨。

世事難料，陰晴不定。唯有當下最真實吧！

一隻悄然降臨的黑天鵝，攪亂時局。卻讓這座島嶼飄搖四海的旅人，意外成了歸人！還在這個沉悶的午後，意外加入了他。

意外讓他有機會，碰到他吃了多年的那家燒臘店第二代經營者，意外讓他認識了幾位新朋友。

他們都是有自己故事的人。

他仰頭望望天際。

有故事的人，打不倒的。

11

# 他心中，豈止有一片風景呢？

人人似乎都慢動作下來。

當然，戴口罩，穿過車站，上下捷運時，進出公車時，那樣的行色匆匆，不算。

連世界，也慢轉下來。

油價最指標。

經濟活動慢了。企業擴張慢了。消耗的能源，大幅度減少，油價往下滑。

慢動作是不得已的。

但習慣了快，我們自然養成「快是美」、「快是決勝一切」的信仰。於是，愈來愈快。愈快，就必須得更快。連喪屍片，都似乎失去耐性。

早期的喪屍片，感染需要時間，喪屍動作

慢，恐怖但不可怕，因為人類比它們快多了。

後來的喪屍片，喪屍不可思議的快節奏。一感染，迅速喪屍化。喪屍一成形，立刻撕扯生吞活人。活人跑得不夠快，你就是下一個喪屍。

於是，拚命跑，死命跑，奮力跑，但能跑去哪裡呢？如果，全世界都喪屍化了，你能跑去哪裡呢！

那個午後，他出門，他念頭一轉，把車駛向屋後，蜿蜒向上，朝山勢不高，滿山是樹，卻一下子可以讓平均氣溫下降兩度的後山，駛去。

這陣子疫情升溫，郊外、山區、海邊、森林突然人群多了。
他常常路跑，很敏銳感覺到，這條路上，健行登山的人多了。而且，多半不戴口罩，講話的音量也高了。笑聲也多了。
這是戶外，沒有室內封閉空間的壓抑，空氣自然流通。人心自然互動。靈魂自然舒暢。
世界慢下來，很好。
畢竟，也不會一直慢下來。
沒有理由擔心，疫情沒有終止的那一天。
疫情一終止，日常運轉一恢復。機器轟隆轟隆急速運轉，你又要被速度追著跑。像努力存活的人，要跑得比喪屍快一樣。
但，偶爾意外的慢下來，也好。至少，你有機會修補自己，像下過雨，你知道漏雨有無？像吵過架，你明白伴侶在意什麼！像途經某一小鎮，你憶起生命中某些擱淺在抽屜深處的小卡片小日記小禮物。

沒有慢下來的偶然，你只會疾駛而過。

像過站不停的列車，一路向前。你有目的地，但少了回眸過站的觸動，也因而少了人間的奇遇，人生擦肩而過那一瞬間的悸動。

沒有悸動的人生，不宛如喪屍，又是什麼?!

他心中自有一片風景的。

你也是。

多年前，我來到這城市，跟很多人擦肩而過。有些留下難忘的糾結，有些過了也便過了。

我坐在那，車子停在身後，空氣品質不算好，城市灰撲撲的呈現大致輪廓。隔著距離，城市的一切，霎時美感，那裡有我認識的朋友親人，在大樓裡上班，在學校裡上課。他們知道我在想他們嗎？

那座城市也有很多我不認識的人，他們也在那裡愛恨嗔痴芸芸眾生，他們也一定有自己的一片風景吧！

唯有慢下來，我才發現我那麼想念我的家人。
唯有慢下來，我才感受每個人心中都一樣不過是希望小日子能持續能平安。
唯有慢下來，我們才會傾聽彼此心內的小劇場小風景。
唯有慢下來，我才會想起女兒小學時帶她去參加一場公益活動，主軸是慢，是放，是愛。
我問女兒，慢下來，放鬆了，然後呢？
她說，然後就睡著了。
那晚結束活動，驅車回家，她一路熟睡。
唯有慢下來，我才細細咀嚼了這些記憶碎片，唯有慢下來，我才明白我有多愛這世界。

12

# 他排列出，人生最值得的組合

她戴著口罩，來他節目，談人生最值得的事。

他開玩笑，最值得的事，莫過於保命吧！

她回他，是啊，但保了命之後呢？

他很愛在演講中，講西元一世紀，龐貝古城的命運。

維蘇威火山爆發，一夕間，掩蓋二萬餘人，也掩蓋了古城一千多年的消失。

多年後，他去挖掘出來的龐貝旅行。

太流連了，他一待便待了一整天。

黃昏時，坐在廣場上，殘餘的柱子，昂首向天。

昔日，多少人曾在這些列柱頂起的大堂裡

聚會，多少人在廣場邊上的巷弄裡過日子，多少人在平淡裡夫妻吵架，親子嫌隙，人際失和。但他們不會料到，有一天，天崩地裂，昏天黑地，火山灰厚厚的濃濃的烈烈的，漫天捲來。屋瓦崩解，叫聲淒厲，火光熊熊，人影竄逃，世界終有末日的到來！

那時，保命，是唯一反應。

生物最直覺的反應。

我們瞳孔放大，腎上腺素激增，四肢緊繃，觸覺出奇的敏銳。生命自會找到出口，靠的正是這求生的本能。

但，有沒有一種可能，你在那千軍萬馬，烈火即將焚身的當下，你不是反身而逃，你是迎向惡火，你不是只顧自己的逃生，你是想到了妻兒，聽到了鄰居的哭喊，不忍路旁陌生人的慘狀！

我們比我們以為的，其實更深刻，更勇敢。只是日常，常常消磨了我們的以為。人會發思古之幽情，唯有在你處於思古的情境時；人會懂得珍惜，唯當你緊迫感覺要失去什麼之際。

你真的比你以為的，更愛你的家人，你的老公你的老婆，你那日漸懶得理你的孩子。

他望著龐貝古城被挖掘出來，又被複製成形的遺骸時，心頭實在難受。

他一定試圖奔跑過！

她一定嘗試找地方躲藏！

他最終放棄時心裡掛念什麼？

她坦然接受厄運時心中最放不下誰？

我們內心深處，最誠實。但我們會掩藏，會閃躲，會沉默，會忘記。會被小日子裡的摩擦，生氣，支出，花用，負擔等等，給徹底磨平了。

是啊，保了命之後，什麼是你最值得的組合？

如果只有你一個人保了命，你確定你有活下去的希望嗎？

如果你真有心中的最值得的組合，說不定，厄運敲門的那一刻，你想的，根本不是你自己是不是應該活著！

我們有比自己以為的，更為深刻的，勇於愛親人的那一瞬間的，直覺的愛。

他該怎麼對那位受訪者說呢？

他最值得的組合，都是那麼細微，瑣碎，又可能很快便被忘記的小記憶。

他說，他在一個午後，女兒補完習，累癱了，上車倒頭就睡。

他根本說不上幾句話，只能車開著，開著，趁紅燈，便回頭看一下後座的女兒。

車快要到家前面那彎口時，他心念一動，車沒往家那方向走，而是轉往產茶的那座小山丘。那裡假日，有遊客，有攤商，女兒愛的冰糖葫蘆那也有。

他心念一轉，直驅山上。

還好，冰糖葫蘆的攤子在。
他一口氣買了四串。兩串番茄的，兩串草莓的。
下山時，女兒仍睡得爛熟。
車子裡有一抹淡淡的甜蜜甜膩。
待會停好車，叫醒女兒，再看她驚訝的表情吧！

13

# 他閱讀，他跟妻女道晚安，他迎接明天

我一直維持睡前閱讀的習慣。

再累，再晚，手摸摸書，打開讀幾頁。像跟親愛的人道過晚安，放心睡了。

雖然偶爾也追劇了，不過劇追得入神，不免波及睡眠。有時，光影交錯，虛實激盪，睡前劇情愈緊繃，入睡後反倒不踏實起來。還是閱讀安穩些。

睡前閱讀，也很難是硬質類的書。硬，是指篇幅巨大，構思複雜的硬書。

這些書，最好白天讀，一口氣可以讀到完整段落後，再歇手。讀的時候，搭配咖啡，或茶。

一兩個鐘頭，世界靜默，我心悠揚，閱讀

把你帶向可以抽離現實的異想國度，宛如旅行，宛如去了一趟異國情調。回來，你對周遭的現實，有了全然不同的新理解。

於是，你又能從容的在自己的生活世界，搭起一座座橋梁，隨時可以從這裡到那裡，解除你的焦慮或不安。

常旅行異地的人，在疲憊、困蹇的現實裡，愛仰頭望向天際。其實，那時他不是發呆，他是在心頭發笑，他有很多抽離現況的，異國情調的調色盤，在調他日常的色調。

旅行一如閱讀。每個異地，猶如一本書。睡前閱讀，時間多半不長。

我會挑軟質類的書，伴我入眠。

軟，不見得是輕薄短小，不見得是題材鬆軟。而是，我隨時想停下來，無礙。即使明晚，再隨興從哪一頁翻看，無礙。

所以，我多半喜歡挑一些詩集、畫冊、遊記或短篇小說；或甚至，可以討論人類大腦的專欄文字。作者有功力，而你沒壓力。

睡前閱讀，彷彿從家裡向外開窗對望，你不是旅行，而是眺望。

眺望院子裡，一株九重葛的繁華似錦。眺望陽台上，兩隻麻雀唧唧喳喳的小天地。眺望視線極限處，雲在飄，遠處人家在過同樣的小日子。

旅行長見識，眺望紓人心。

疫情蔓延，我少去書店了。可是在網路上搜尋新書，仍讓我喜悅。

這個老友，出了一本長篇小說。

那位心儀學者，寫了一本精闢的認知結構。

始終耕耘文字魔力的詩人，再度揮灑一本長詩。

如擺渡人一般在兩種語言間穿梭的譯者，這次帶我們去雲遊了世界何以陷入騷動與焦躁。

你不出門，靈魂卻不至於生鏽。你搜尋著。你看著相關的介紹。你上網查看這位作者。你讀著片段的試讀。你憑著自己長期閱讀累積的直覺，還有敏銳，你挑了幾本書，按下購買鍵，填好信用卡號，寄送地址，完成購書動作。

你瞬間跟這個地球的某一些人，某一些知識，某一些關切題材，連結上了。

騷動不安的時候，我們尤其希望自己安定。外面喧譁煩心的時候，我們格外願意獨處。

世人皆曰與陌生人接觸是風險時，我們愈發看到對親密關係的依賴。

你想起書櫃裡，有薄伽丘的《十日談》，有馬奎斯的《愛在瘟疫蔓延時》，有蘇珊桑塔格的《疾病的隱喻》，那是你對抗疫情，最好的靈魂雞湯。但你還需要最直接的力量。於是，你走向女兒的書房，她在做功課。你走向妻子的臥房，她在追劇。你要親一親她們額頭，道晚安。你要迎向明天，另一個開始。

14

# 他望著雨刷，刷刷刷，這一天才開始呢！

日子慢下來，到底是客觀事實的慢，還是主觀感受的慢呢？

他在睡前，腦袋中盤算著這問題。但很沒用的，才盤了幾圈，便不省人事。

迷迷糊糊中，他被叫醒了。

妻子鑽進他被窩，喊著人家肚子餓啦！

他還未全醒。但這是他老婆沒錯！（也不可能會錯吧？）

他翻身，抱著妻子的溫暖身軀。現在幾點了？

都快八點了，你很能睡哦！

老婆在撒嬌。

差不多八成醒了。室內仍然幽暗。也難

怪，昨晚睡前，他想反正是周末，不要太苛刻自己，睡到自然醒吧！於是拉上窗簾。

沒想到一睡竟睡到快八點！

他抱著妻子，全醒了。老婆撒嬌，不能裝睡。

妻子開了早餐清單：兩張蛋餅不要切，一杯熱清漿。

雨很大哦！妻子坐起身，望向窗簾未張的方向。他聽到了雨聲，而且不小。

他抱抱妻子。怎樣？雨再大也不能讓老婆挨餓啊！

快去快去，小心開車。

妻子很快地站起身，拉開窗簾，彷彿剛剛

提起雨勢很大這件事，只不過是出身新聞工作者的直覺反應而已，「讓你知道下雨了」沒別的意思。

他該去買早餐了。

雨，著實很大。

雨刷左右晃動不停。

早餐店前，沒幾輛車。

過往周末，這時間可要排隊等的。

附近住家多。有大學城，學生多。假日還有在職進修班，開車來上課順道買早餐的也多。登山健行的，更愛在早餐店吃早餐集合出發。

這附近幾家早餐店，假日生意尤其好。

但那是平日。或者，該說是，平常時期吧！現在可是非常時期啊！

早餐店，忙碌的老闆一家，一如往常，動作俐落。

他前面的，點了三顆飯糰，一個不加油條，一個要加點辣，一個一般的。似乎還有人，點了其他的，只是還沒拿到，於是坐在店外等。

雨勢很大。

輪到他。

他點了妻子要的，也為自己點了燒餅夾蛋，一杯熱清漿。老闆一家三人，戴著口罩，忙東忙西。排隊等的，也戴口罩，各自滑手機。

買早餐的，明顯少很多。

假日，下雨，非常時期。

他傳了Line，老婆要杯咖啡嗎？

趁等，快速瀏覽一下新聞。

又新增十五例，都是境外移入。有外籍生了，大學校園跟著緊張起來。剛剛經過的大學校門前，好像豎了張大牌子，加強門禁吧！

他想起他念的大學，平常像開放社區，自由出入，沒有門禁，大門之外可以出入的口至少七八個，以前以自由開放自詡，碰上疫情，這些出入口都成了令人緊張的缺口。也要加強門禁了吧！

手機震動了。

妻子說：「不用咖啡，你快回來，人家肚子很餓。」

他提著早餐，雨勢沒有因為他對老婆的愛而稍有憐憫，反而趨大。

他狼狽地上了車，收傘不順，濕濕答答。

昨晚睡前的問題，這時跑進他腦海。

日子慢了，是客觀事實，還是主觀感受呢？

一天還是二十四小時。

你活動少了，出差少了，應酬少了，甚至還居家上班。

你出門少了，行事曆上，記上的行程少了。

間隔一拉開，乍然時間變多了?!

連假日也是。

你有什麼理由，還在假日裡對家人說，抱歉，公司加班，社團有事，要聽演講，要辦活動，很抱歉，這些都停了。

日子慢下來，慢下來。慢，下，來。

回到家，你還得想想，一整天呢，這一整天，你要怎麼應付女兒的翻白眼，妻子的愛撒嬌呢？

這日子，真長，真慢，真，真，（真什麼，蛤?!）真幸福啊！

他往家的方向，駛去。雨刷，刷，刷，刷。

這一天，才開始呢！

15

# 他朗讀，為了戴口罩的讀者，為了彼此輕叩歲月的勇氣

他在一場小型朗讀會裡，體會了「自己總有些值得」的意義。

他挑了幾段文字，從不同時期寫的書裡，挑出來的。

他靜靜地朗讀，如重溫一場時光旅程中，特意挑選的過往小站。他才驚訝，自己走過的路，途徑的風景，竟然不少！

他靜靜地，一段一段的朗讀。

台下，聽眾安靜地坐著。顯然比往常更安靜。不是因為他朗讀得比以往更動聽，而是，每一位都戴著口罩，彼此之間且間隔了一個座位。無從交頭接耳，唯有安靜聆聽吧！

但他自己覺得，那夜，他朗讀得比過往更深情。

雖然，他心中想要為她朗讀的那一位「特別的」讀者，並不在現場。可是，他卻明白，不在的「她」，可能更用心的，「遙想」他的朗讀。

他在朗讀會的前一晚，收到一封電子郵件。

那位「特別的」讀者，以愧欠語氣，寫著：「我是你的讀者，應該說，是你長期的粉絲。你年輕的時候，我就讀你的書，看你上電視侃侃而談。我喜歡你，但我知道那是很遙遠的喜歡，在真實世界，我們只是陌生關係。了解這，很冷酷，但無妨。」

「我彷彿老朋友一般的，遠距離的看著你戀愛，結婚，有女兒，也看著你不復年輕，不復英姿勃發。但總感覺，你依舊是你，那個年輕時，我就喜歡的作家。這讓我很欣慰，沒有由於歲月，而讓我珍藏的記憶像瑕疵品。我應該來你的朗讀會的，但我不能。」

「我的先生以前會載我去買書，去聽演講，可是他走了好些年了。這幾年，我的腿不好，心臟也衰弱很多。醫生吩咐，只能在住家附近早晚散散步。可是我很感謝老天了，我還能讀書。我愛的作家，都還健在，繼續寫作。你要繼續寫，要繼續做你的廣播電視。我會守在那，望著你，像我年輕時一樣。」

他讀完那封信，內心震動了很久。

他算了算，若照她在信裡提到的第一本書，那至少也是三十年以上的事了。

年輕時，讀到這些信，他在感謝之外，多少還虛榮。

然而，近些年，他讀到這些信，卻是由衷的，像在冬日的爐邊，被添進去的柴火，烘熱得血脈賁張。

他是老了，髮際線後延，眼稍多紋路，體重明顯增加，但他從未放下在文字裡思索什麼的念頭。

這可能就是那位老讀者，感覺欣慰的某一種，屬於她的世代未曾流失掉的什麼吧！

既然屬於她，那當然更屬於自己了。

他在朗讀會之前，反覆這樣提醒自己。

他委婉的，動感情的，把自己挑出來的文字，一段一段的朗讀著。

那一段，他曾經三十。走路是有風的。

那一段，他失戀了。每顆字，都在錐心，雕成之後他再也寫不出來的，他感情的金字塔。

那一段，他百無聊賴，在知識，在經典，在長編巨作中，尋索生命如何靠岸的線索。

那一段，他又戀愛了，他彷彿攤開地圖，仰望地平線的遠端，然後在走過的旅程上，畫下一個驚嘆號！到站了。

那一段，他做了父親。每晚累到甜蜜睡著。

那一段，他繼續向前，反思經典。他似乎有了詮釋人性的無限活力！

他快樂朗讀著。為台下每一位，戴著口罩，間隔位子的讀者。也為那位無法來到現場，卻追索他，追索到她老去，他亦不復年輕的遠方讀者。

人生最幸福的，無非是可以為一些值得的事而奮進吧。

他在朗讀時，整個人是飛躍的。他知道有讀者一直跟他一起，在享受輕叩歲月大門的勇氣！

在不確定的年代，他為可以確定的存在，而朗讀！

16

# 他祈願著，在疫情蔓延的又一個周一的開始

清晨，他乍醒過來。

遠遠有雞鳴。

穿插了鳥叫。

但沒有往常那麼多。

他躺在床上，愈來愈清醒了。

鳥叫聲不如往常那般，是天氣不佳。

五點半了，陰陰沉沉。

彷彿還有些微微雨聲。

他打開手機。利用開機的一點點時間，坐起身，披上T恤。夜裡醒過一次。後半夜的幾小時，睡得不如前半夜。醒來看到陰沉天候，確實悶悶的。

他查看了天氣預報。

今天，多雲時陰，氣溫在十五度到二十度之間。下雨機率百分之六十。

不是什麼好天氣，但也沒壞到令人沮喪。何況還是周一。

一個循環的新的開始，沒理由不振奮啊！

他伸了伸手臂，聽到骨骼在身體裡喀啦喀啦作響。他打了個哈欠，並不睏，只是為了吸取更多的氧氣。

他望了望，天色微明的窗外，窗口像一幅黑白照片，百葉窗橫條格，與兩旁刻意被他拉開的暗色系窗簾，構成一種垂直與水平的交錯，頗有一些些現代畫的調調。

平常日子，他刻意前一晚拉開窗簾，好讓

自己一早被微光喚起，好讓鳥聲多一些，好讓雞鳴多一些。

該起來了。周一呢，女兒要上學了。

他走出房間，到客廳的落地窗往外望。

天空如布幕。山下的房舍，一落落，如樂高積木。每一戶，都有自己的故事。雖則故事人物總有趙錢孫李周吳鄭王等等的差異，但柴米油鹽，水費電費，房貸租金，大家還是共有相近的生活命題。

難怪一部韓劇《愛的迫降》，可以橫掃夜裡每個開燈的窗牖。難怪得獎的《寄生上流》，讓大樓裡傳出的笑聲，總有那麼些心底的喟嘆。

就是我們啊！就是我們啊！

戲如人生！可人生並不如戲啊！

我們追完劇，熄了燈，道晚安之後，有些人可能還要為明天的生活而煩惱！

想一了百了嗎？

抱歉，那是戲劇。

真實人生，我們沒那麼戲劇化。

結了婚，就得像個老公，像個老婆。有了孩子，就該像個父親，像個母親。為人子女，總該盡個孝道，噓寒問暖，回報養育之恩。

投入工作，扮演螺絲釘，拴緊自己，上緊發條，你的命運在自己手上，你的際遇在別人棋盤上。

你走過青春，你走過中年，你走進初老，而唯一不肯停止的，是地球轉動，是歲月悠悠。

你坐在那，望著天際，儘管陰沉，但白天終於要來了。

六點多了。

你在電鍋加了水。你放進一個黑糖小饅頭，一個銀絲捲，女兒的早餐。

你倒了杯熱水。擱在那，等女兒起床時，溫度剛好入口。

你翻翻行事曆，確定今天周一的工作。

你想起昨晚，看到教宗為疫情做的祈禱文，你隨手抄了一小段。你沒有宗教信仰，但這段話，卻是每個人都可以心領神會的日常祈願。

「我們必須重新尋獲渺小事物的具體意義，實際而細膩地關懷周遭的親友，明白我們的珍寶藏在渺小的事物裡，諸如微不足道的舉動。有時候，我們在莫名的日常瑣事裡，丟失了溫柔、真情和憐憫的舉動，但這些舉動關鍵而重要。比方說：一盤熱食、一個輕撫、一個擁抱、一通電話，這些是關切日復一日小細節的親切舉動，令生活充滿意義，使我們之間擁有共融和溝通。」

他聽見樓下某一家住戶的小學生，匆匆跑出來，喊著來不及了，爸爸來不及了。他要去趕校車。

人生總是喊著來不及，而事實上，還是來得及的，不過是一路追趕吧！

但我們記得這些瑣瑣碎碎的，一路追趕的，愛與生活。

## 17

# 他望著戴口罩蹦蹦跳跳的孩子，喊著：放心吧，日子會好轉的！

我上捷運這一站時，他們一家已在車上了。

一家四口。夫婦倆忙著應付看來不過是五六歲之間的兄妹。

他們引人矚目，因為小女孩話真多，隔著口罩，一直講一直講。

爸媽怕她太吵，不時哄著她，捷運上要小聲啊！

為什麼？小女生嗲聲嗲氣的。

因為會吵到別人啊！（爸媽壓低嗓門。）

別人是誰？我認識嗎？（小女孩反倒拉高聲量。）

叫妳小聲點妳還大聲！（爸爸抱住她，往

窗邊靠。）妳看妳看那邊的山上，就是動物園哦！

快到了嗎？哥哥你看就在那邊。（女孩完全沒有減低音量。）

看來他們一家要去木柵動物園吧！

隔著口罩，我不時望向他們一家。

小女孩讓我想念女兒的童年，那愛講話，講不停，可能還猶有過之的童年！

小女孩話多，她的口罩常常隨著動作，滑下來，露出可愛的牙齒。

她媽媽話不多，但總立刻替她把口罩拉上。

大概口罩滑落次數太多了。

媽媽有些抱怨，「叫你拿兒童口罩你怎麼拿錯！」從臉偏向的角度，是衝著爸爸的。

爸爸很尷尬。

沒多回嘴。一逕撫摸著女兒。

過一會，他把女兒交給媽媽，把女孩口罩拿下來，放在手掌上，調整女兒口罩套繩的長短。

顯然之前調整過了，上面有打結的痕跡，但縮短的不夠。

媽媽把女兒抱在懷裡，用另一個口罩掩著她的嘴。

爸爸的手指太粗了吧，調整得吃力。

足足過了一個站，他才又在口罩套繩上，再各打了一個結。

他幫女兒戴上時，女兒口罩內的嘴抱怨：「還是很鬆啦！」

我心裡笑出來，眼神仍維持不經意。

女兒早上出門去補習。

在我車上，也在調整口罩的長短。
她雖然青少女了，不過臉龐窄削，頭又不大。戴成人口罩，太鬆垮。戴兒童的，又嫌緊。她每次換口罩，一定自己先調整一下長短。
那動作，也是先從一邊打個結，再換另一邊。打完了，再套在鼻頭上試試。
我想替她打結，她哼一聲，「你又不知道要多長？」
她哼我，我傷心，這傷心卻帶著「她長大了」的複雜開心。她可以自己應付很多事了。我們太插手，她不高興。
儘管有些事，最後還是要我們爸媽幫忙善後，但你「善後」可以，偏偏可就不行「善前」！這是「家有青少年」的爸媽，必要警惕。
可是女兒又很青少年典型，時不時忘東忘西。
提醒太多，她嫌煩。提醒太多，也會傷了她坐我車的氣氛。
但戴口罩這件非常時期的日常，怎能有「萬一」呢？
我想了一個辦法，在車上多備幾個口罩。

這招真管用。

她至少已經兩次，在我車上，突然問我：「爸比你有多的口罩嗎？」（雖是問句，但簡潔有力，一副沒有你就糟糕了的口氣。）

賓果！

我就知道。再怎麼事前提醒，她就是會忘記！

但我豈能寵壞她?!

就算寵壞她也不能讓她太囂張?!

我故意冷冷地回她：「怎可能有多的！不然妳先用爸爸的吧！」

哎呦，那多噁心！女兒露出噁心狀。

什麼噁心，妳老爸耶。

鬥嘴歸鬥嘴，我還是從旁邊置物櫃，乖乖拿出新口罩。

她用拇指食指掐著，還問：「你真的用過啊？」

我沒好氣地回她，當然是新的，妳看，塑膠袋還沒拆開呢！這可是我晚上去排隊買的。

接下來，就是女兒調整口罩長短的的動作了。

果然，那家四口在木柵動物園站下車，往入口處走去，小女孩跟哥哥牽著手，蹦蹦跳跳。

我招了計程車，回家。

運將戴著口罩。我戴著口罩。沿路等公車的，也都戴著口罩。

即便如此，我們的日子還是要過。我們還是要陪著戴口罩的孩子，奮勇前進啊。

18

# 他感念啊，又一個周二在微光中激盪——寫給因染疫過世的志村健

他醒過來了。

今天很標準的自然醒。

天剛發亮，微光透進窗口，他便醒了。

他不用鬧鐘。

多年來的習慣，差不多五點前後，身體的內的發條，自動旋轉，一分一秒，滴答滴答，時間一到，他感覺差不多了，很自然，像遠處的浪，拍打沿岸，愈來愈清晰。然後，他便醒了。

清晨一醒過來，他腦海中，竟浮起兩句日文：

今日はおはよう（早安今天）

おはよう火曜日（早安星期二）

大概是今天周二，他一周兩堂日文課的其中之一。

但也可能，是昨晚入睡前，他跟一位朋友聊到了周一過世的日本諧星志村健吧！

學日文是這兩年，他突然下的決心。

他年輕時，幾度想學日文，都因為被不外乎是忙，是累，是以後有空再認真學吧等等藉口，給耽擱了。

可是，每一次讀川端康成，讀村上春樹，讀日本出版品的中譯，他難免懊惱，為何以前不好好把日文學好。

尤其與妻子到日本旅遊，每每在英文不很適用的場合，他就會想如果年輕時把日文學好，如今不是很派上用場了嗎？

但下定決心，竟然是迷上清酒之後。

朋友引介他進入清酒的世界。

純米釀造，各地兩千家酒造，各具自己家傳酒香。認識一支清酒，如同進入日本幽邃的地方史。他可著迷了。

好吧，這回，認真學日文吧，至少要能讀懂酒標！

他請到一位家教，每周兩次，從五十音打樁起。

學了他才懊惱，為何以前不肯下定決心，如今困在記憶力衰退，文法宛如日本人曲折的和式巷弄裡。

但他已經沒有時間再找理由拖了。老來學語文，跟歲月搶時間。

但志村健可沒跟歲月搶到新的時間啊。

本当に残念（真是一件遺憾的事啊）

疫情肆虐的名單中，志村健並不是第一位藝人，卻是第一位重症不治的藝人，而且是搞笑藝人。

他一輩子搞笑，逗人開心。

短短四天，染疫，送診，搶救，不治。

他最終有帶著逗趣的笑容，離開這世間嗎？

生死是大事。活著，也是一門功課。

但他多感謝，自己曾經在疲憊、困頓，書讀不下去的某些日子裡，被志村健並不上流的逗趣短劇、搞笑噱頭，逗出了笑聲，逗出了不知不覺間跨向了新的一天。

那時他便明白，人生有時候，並不是全靠道理格言所激勵的。

就像無法靠正妹帥哥形象、奪人目光的人，難道就不能成為搶眼明星一樣。我們的人生，有時晴有時雨。我們的內心劇場，有時需要被鞭策，有時卻只需要被放鬆。

故事餵養激勵，搞笑擱置煩惱。

而一個搞笑演員，最辛苦的是，你想認真對人傾訴衷曲時，他人還以為你在搞笑！「別鬧了呀，志村先生，你怎麼會愛上我呢？不要搞笑了！」

七十歲未婚的志村健，據說也是想結婚的。

但始終也只是據說而已。

這是搞笑者的宿命。

你認真時，大家還以為你在搞笑。

你若以搞笑來試著表達認真時，大家便笑得更誇張了。

志村健過世前，不知有沒有想過，追思會上，放的照片，是搞笑版，還是素顏版呢？

沒有辦法看到明天，沒有辦法看到下個周二，沒有未亡人在身邊的志村健啊！

他對自己輕聲的說：「大切に、毎日持っている。（珍惜啊，為了擁有的每一天！）」

19

# 他戴口罩，他戴上口罩狂想曲！

來我節目的來賓，合照時，本能的，會摘下口罩。

我不動聲色。拍完後，請來賓戴上口罩，再拍一張。

我對來賓說，戴了口罩，多年後，我們會記得二〇二〇年。這一個特別的年分。不戴，幾年後，就搞不清楚，何時拍的了。

但有來賓笑稱，那萬一戴口罩，多年後你不記得跟誰拍了呢？

有趣。這問題，有趣。

我去公司旁邊一家便利店，買咖啡。

進去前，想說不戴口罩太不禮貌了，戴上吧！

進去後，站在櫃台前，還沒點咖啡呢。

那店長看我一眼，問道：「蔡先生要熱拿鐵嗎？」

我笑著對她開玩笑，戴了口罩，妳還認出來，害我本來想高喊一聲：「這是搶劫呢！」

她也笑了。

你戴口罩我們店裡也認得出啊，除非？

除非什麼？

我拿了咖啡對她說，除非我全身包起來。

一場口罩的玩笑，結束。

但我們戴上口罩，認識我們的人，難道就不認識了嗎？

我想到有些公眾人物，搞外遇，跑去賓館，還戴口罩，「此地無銀三百兩」，根本是提醒別人：我可不是一般人哦！不然，我幹嘛戴口罩，是吧？

當然，那是平常時期。

如今，非常時期，如果你真偷情，戴口罩，去賓館。

店員也不會覺得怪異，只是他還是得幫你量額溫，要你乾洗手吧！

當大家都戴口罩的時候，會不會有些平常你不太方便做，不太敢做的事，戴了口罩，你就敢做了呢？

看過一部電影。

美國上世紀六十年代，民權運動方興未艾時，白人種族主義也當令。

一個白人支持黑人平權，得罪了在地的種族主義者。

一夜，3K黨人，來他家挑釁。

正在危急之間，突然，一位頭戴面罩的3K黨人，不小心說了幾句話。

這被圍困的白人，猛抬頭，直視那出聲的3K黨人，問他：你是某某某嗎？

那人一陣驚慌，支吾其詞，一夥顯然沒有經驗的3K黨人，遂陣腳大亂，慌亂散去。

戴口罩，跟沒戴口罩，差別在哪？

不管是3K黨人，或是，想進賓館偷情的名人，顯然最清楚，戴上口罩，勇氣十足，會忘了我是誰！

但對熟識的人，即使你戴了口罩，他們也會高興的隔街喊你：「嗨，你好嗎？」

一場小型聚會裡，幾個朋友都戴了口罩進來。

量額溫，乾洗手，不握手，只抱拳，相互致意。

夠熟了，很難不開玩笑。

咦，你誰啊？

哇，戴口罩，變帥了呢！

哦，美目盼兮哦，可惜你是男的！

嘿，連戴口罩都這麼帥哦，不戴還得了！（但千萬別拿下來，不要嚇到路人！）

接下來，餐廳見面，總要點餐吃飯喝湯嗑甜點啜咖啡，足足兩小時，口罩終於安安靜靜，被擱進口袋裡。

聚會有主題。可泰半時間，是在交換疫情威脅下，社會的焦躁，工作的浮動，人心的不安。以及，不知道盡頭在哪，以致於彼此仍在幽暗洞內，嘈嘈切切，用以抑制內心的惶恐。

聊完了。各自戴上口罩，出門。

待會，還要再進入另一棟大樓，進到另一個公共空間時，量額溫，乾洗手。

有沒有可能，當疫情結束後，你會發現，咦，怎麼你的長官，皺紋平了。你的秘書，嘴脣厚了。你的鄰居，有酒窩了。你的老婆，鼻梁高了。妳的老公，臥蠶不見。你的小三，胸部隆起。妳的小王，渾身是勁。

總之，聽說那一年我們戴上口罩的二〇二〇年，世界變了。

你周遭很多人，都變了。

你望著你老婆。你老婆望著你。

你們心裡想的都一樣。
神啊，我老公可以摘下口罩，變身玄彬嗎？
神啊，我太座可以摘下口罩，走過來，是孫藝真嗎？
他拿下口罩，喘口氣。
真的，憋太久了！

## 20

# 他閉目聽雨，啊是要清明時節雨紛紛的周三啊！

下雨了。

他閉著眼睛，聽雨。

雨不大，但敲在屋瓦上，像持續的低音鼓。相對之下，鳥聲啁啾，是花腔女高音。遠處的，不定時的雞鳴，穿插其間，不安分啊，海豚音的遊走。

他竟然也聽雨了！像背誦過的宋詞裡，那些聽雨的境界。

小時候，他就是個敏感的小孩。

夜裡醒來，彷彿小老鼠，機警的在暗夜裡，留意四周動靜。

他感覺他的觸覺、聽覺，向八方擴去。唯有如此，夜才不至於吞噬掉他。

這時，他會知道他父親，在客廳抽菸。

聽覺，讓他微微察知，父親極為壓抑的動作。

嗅覺，讓他聞到菸味。

想像，讓他似乎看到黝黑的夜裡，菸頭隨著吸菸吐菸，一明一滅。偶爾，還有微微的嘆息聲。

他父親，又睡不著了。

早晨醒來。他常在客廳角落的祖宗牌位前，看到燒盡了的香根。沒錯，夜裡父親是醒過來，而且抽菸，而且燒了一炷香。

他也不知道為什麼，今晨，乍醒，有雨，閉目，他想到了父親，想到了夜裡，明滅的菸頭，燒盡的香根。

這只不過是，另一個周三而已啊！

他不抽菸。

他也極少失眠。

他心思是細膩些，像父親。

可是，他不失眠。

他睡不多，但很容易入睡。像母親，像煩惱如果明早來敲門，也會安慰自己「那先睡一覺明早再說吧」的母親。

他想，還好，雖然像父親，不過母親強烈的樂觀基因，多多少少，也注入在自己體內，他才得以由於不失眠，一路支撐到，支撐到連自己也要說的年紀不小了。

他也想到女兒。

像自己像她媽咪。漸漸的，也像她自身了。

這都是日子一天天，捶打出來的啊！

雨小小地下著。

他還是閉著眼。但窗外的光，能穿透窗戶，能穿透他的眼皮，打在他閉著的視網膜上。

健康多好啊！

他知道他若張開眼，透進來的光，能被他的眼，透析成紅橙黃綠藍靛紫。他的世界是彩色的。

他的母親，在他耳邊輕聲講話，掏耳朵。他趴在母親膝蓋上，安安穩穩睡午覺。

他的父親，任勞任怨，每天帶著便當出門，帶著疲累回家。

四個小孩，依照四季，輪流長大。

他後來認識妻子，認識岳父岳母。

認識這世間，跟他爸媽一樣，努力工作，勤奮生活，把一段愛情支撐成婚姻，支撐成家庭，支撐成責任的，認真的世間男女。而後，他也走向這條世間路了。

他幫女兒換尿布，洗澡，餵奶。而後爸媽老邁，岳父過世，岳母失智，女孩日漸青少年。而後，他感覺到，某些如他父母，如他岳父母的，某些歲月積澱的感觸了。

他愛在早起時，閉目，聽外面的晨間流動。

昨晚母親來電，聊起父親，說他整天戴著口罩，還是叨叨絮絮。

他笑了。

他跟母親說，記得嗎？以前老爸總是笑妳床上一躺，便睡得跟豬一樣。

他老媽笑了。

他跟母親說，他的妻子如今也是這樣笑他呢！

他安慰母親，這是福氣啊！

寧可老爸健康戴著口罩嘮叨，寧可老媽抱怨完後躺下去便打呼。

寧可這樣，在清晨醒來，不急著下床，感受自己在一天又一天的延續中，感謝那些在過往日子裡，為我們註記愛之紀錄的親人。

他知道今年清明節，將是一個戴口罩，遙念先人的清明節。

怪不得呢，清明時節雨紛紛。
他需要一盞天燈。遙遙的，把感念，飄向天際。

21

# 他在這個周四，反覆思索是病毒殘忍還是人殘忍呢？

周四，本來很平常的周四，由於清明連假，由於疫情方殷，反倒特殊起來。

他母親電話裡交待，不用回來。

他明白，母親八十多了，父親九十多了，避免太多外來的接觸最好。

他一早，去買麥當勞。

店經理跟他熟。點完空檔，兩人隨意聊。

經理說今年不回去掃墓。乾脆四天都上班，讓小朋友輪休。家族很大，每年都趁掃墓大聚會，兩百多人，可以開十幾桌。今年取消，辦桌的老闆，臉色憂愁。店經理遞給我咖啡薯餅滿福堡。

不能總悶在家四天吧？

妻子規劃去蘇澳海邊走走，那家燈塔飯店，網路上很夯。

全家三口，說走就走。

女兒唉唉叫，海邊有什麼好玩！

他們夫妻齊聲說：「讓妳當網美，拍美照。」

昨晚，他睡得晚。在讀一本剛剛送到他手上的新書《武漢封城日記》。

武漢城裡，一位女性意識強烈的年輕社工，在圍城的第一天，決心寫下她的親身經歷。

書寫，於是再次成為可以見證歷史的載體。

人的命運，永遠是難以捉摸的。

來自廣東的作者郭晶，才進入武漢不過幾個月，她打死也不會預知，自己在武漢會碰上新型冠狀病毒大爆發！

但她卻有意識的，為自己的偶遇，做了必然的抉擇：既然無可逃避，那就成為歷史見證人吧！

近千萬人，在武漢，一夕之間，無所逃的，困在城裡。

他們還是要生活。

柴米油鹽，日常起居，都不會因為封城，便可以不吃不喝，不拉不撒。

他們是人，有情緒，會恐懼。但封城，不是一下子的窒息。於是，日復一日的等待，不知盡頭的惶恐，不確定狀態的焦慮，困在城裡困在家裡的無可奈何，其實都是我們身為人類，很本能的反應，沒有誰比誰更可笑，誰比誰更荒謬？

網路上的酸民，躲在幕後，很輕易可以嘲諷別人搶衛生紙很可笑。然而，在台灣，在歐洲，在美國，疫情一有風吹草動，哪個城市裡的超市，不是貨架一掃而光？

讀《武漢封城日記》，他心頭浮起，米蘭昆德拉在《生命中不能承受之輕》裡，兩位女主角之一薩賓娜的感歎。

她離開共產主義統治的祖國後，在西方國家，最難以承受的是，幾乎每個人都對她，投以「想當然耳」的同情，啊妳來自共產國家啊，那妳真的很值得同情啊，妳們應該都是活在完全沒有自由、沒有自我的世界裡吧！

生命中不能承受之輕，不少，之一必然是，我們總是用自以為是的角度，去解釋別人的處境，甚至忘了身為「人」，不同體制下，人也會追求他自身的價值，找尋他投射自我意義的各種可能，在日常裡，在非常時期裡。

他在《武漢封城日記》裡，透過作者的日常觀察，他佩服那些圍城裡，恪遵本分，兢兢業業，每天在街道上打掃的清潔員。他彷彿置身現場，看到城裡城外的人，在視訊網路上相互打氣，支持撐到明天。他看到作者，每天規律運動，逼自己出門走走，查看城裡跟她一樣被迫困居的人。

他因而認識了一位致力打破性別歧視的大陸女性，看她在日常裡，打破陳規，為性別平等一點一滴的奮進。在圍城裡，想方設法，為弱勢者，做點什麼。她跟他認識的每一位台灣女權運動者一樣。

他最愛看的，是作者一晚為自己做了蒜苔炒肉加稀飯。又一晚，做了芹菜炒雞胸肉加稀飯。再一晚，做了香菇炒肉加稀飯。再一晚，她終於有了團購來的芝麻醬。

他闔上書的最後一頁時，記下了她的句子：

到底是病毒殘忍，還是人殘忍呢？

22

# 他跳啊跳的，在周五天氣乍晴，使勁吃奶的力氣

周五。陰雨了一整晚，在清晨，乍現一道陽光。

他醒來，心中一陣狂喜。

晴了嗎？

不然，這一天又要憋死了。

拉開窗簾一角。

天空是一抹陽光。但很脆弱，雲層仍舊很厚，不過在兩團大厚雲層之間，竟有一小片陽光出頭的空隙。

明媚陽光的空間，無疑是一晌貪歡的時間！

他急忙推醒妻子。

妳不是要拍照嗎？有陽光了，快，快，

快。

妻子眼睛一睜，眼神透出陽光。

昨晚還說，再下雨，乾脆連夜回台北吧！

但她老公、女兒，太懶，都不想熬夜趕路。

還好，清晨這片陽光，讓他賭對了。

夫妻倆，步出微涼的小旅店。

陽光遮不住四月乍暖還寒。

兩人縮著脖子，雙臂環胸，往港區的海邊走去。

釣魚人更早。

他聽過善釣者提過，下雨過後，乍晴之際，魚最多。

看海濱已經有四五位垂釣人，似乎是這樣吧！

說海濱，並非沙灘那類。

細細碎碎，皆是砂礫。

既然是自然生成的良好港灣，可以想見，海濱地形仍以怪石嶙峋，長年風侵海蝕為美。

小旅店主人，指著小山背後，攀過去，有祕境。但一聽要「攀」，妻子牽他手，說沒帶球鞋耶！

他怎會不懂呢？

夫妻夫妻，理當「互欺」。他牽著她的手，在靠近小旅店這邊，隨意散步。

雖非祕境，但接近海濱的崎嶇岩岸，仍奪人耳目的讚歎：大自然真美，親近自然真好！

妻子要他幫忙拍了幾張照。

他們合體自拍。

岩岸邊，低矮野花迎風。岩岸後，巨蔭大樹茂密。迎風，背風，命運大不同。

夫妻倆各自在晨曦中，散步。

散步，這兩天，他在讀的《武漢封城日記》，作者也在圍城中，度過幾天後，決心要出外散步。

在街道上散步。看關門的店家，一家接一家。看偶有幾家飲食店營業，門可羅雀。看超市貨架，不是一掃而光，便是所存無幾。你怎麼辦呢？人很奇特，無論如何，買一些吧！買來，放著，心安。

但他偏愛看封城裡的人，去江邊散步。

封得了城，封不了自由飛動的江鳥。

封得了邊界，封不了人心渴望的自由。

於是，江邊散步，是人性最本能的選擇。江水悠悠，風吹拂拂，我們還能散步，我們還能移動，我們還能活著，我們還能吶喊，我們還能喊著：「我要活下去啊！要勇敢活下去啊！」

我們從來沒有那麼渴望出去，除非當戶外成為奢侈！
我們從來沒有那麼期盼陽光，除非陰雨連綿幾乎發霉！
我們從來沒有那麼羨慕飛鳥，除非你從窗格子裡數日子！
我們從來沒有那麼想抓住時光，除非當你的孩子即將離開童年！
我們從來不知道幸福是相對的，除非失去變成一種絕對值！
我們從來不感覺跳躍是理所當然的，除非你的膝蓋被宣告為老化！
妻子說，該回去了，叫女兒起床吃早點，然後趁天氣好，一塊去逛逛這宜蘭南方小鎮附近的景點吧！
他說那好，替他拍一張，在臨海小丘上，迎著陽光的一跳吧！
一二三，跳。
不行，再來一次。
一二三，跳。
應該可以了。

他翻看手機裡的照片。

不錯哦，這把年紀，還滿能跳的。

妻子笑，為何每次跳，臉色都這麼掙扎？

他笑，這就叫使勁吃奶的力氣啊！

人生值得一活的。

唯有使勁吃奶的力氣，我們才明白，原來奮進向前，始自生命的最初啊！

23

# 他承認，家是一道堤防，擋下了風擋下了雨

他為了不讓口罩戴太久，皮膚過敏，於是點了一杯咖啡，在公園裡，坐著上網，也間或讀幾頁書。

公園不小。

老人家很多，都戴了口罩。照顧他們，外籍看護沒有像過去那麼輕鬆自在的聊天了，都戴著口罩，自顧自的滑手機。

他在讀《愛在瘟疫蔓延時》。新的譯本，直接從西班牙文翻譯。舊譯本，他讀過，很喜歡。

賈西亞．馬奎斯很了不起。拿了諾貝爾文學獎之後，再挑戰自己，挑戰「諾貝爾魔咒」，（誰說得了獎，再寫不出好作品）寫

了這個長篇。

沒有魔幻寫實的包袱，直接拳拳到肉的寫實主義，描述一段跨越霍亂疫情的長期戀愛。

他讀到馬奎斯超有智慧的提醒，婚姻最大的問題不在嚴重的危機，反而是日常瑣碎的折磨！

日常瑣碎的折磨，如同海浪日夜的侵蝕，不知不覺掏空了岩岸。那一道所謂嚴重危機的大浪，不過是正逢其時的剛剛好而已。

他笑了，日常即永恆啊！

過不了日常，何來永恆呢？

小說中，醫生跟老婆，婚姻數十年，竟因

為老公在浴室發現沒肥皂，誇張的發脾氣，而老婆討厭他的慣性誇張，遂賭氣不承認是自己沒放肥皂。兩人亂鬥了幾個月，分房而居，誰也不先認錯。

他在涼涼的空氣中，讀著讀著，可開心了。

原來夫妻都是這樣啊！

他心裡這樣喊著。

原來夫妻都是這樣啊！

他想站起身大聲喊著。但沒有。他只是內心有劇場。何況他妻子也不在身邊，喊給誰聽啊！

這陣子，疫情蔓延。

大家都被鼓勵，為了自保也為了保護他人，沒事就多在家裡少外出吧！市容確實蕭條多了。

這時候，應該也是居家拉近夫妻關係、親子關係的時候吧！媒體上有意無意的，在暗示，這樣才對，這樣才好。

他是個居家型男人，但他覺得，樂觀以為多居家就會多幸福的人，未免太一廂情願了吧！

網路上，流行很多關於疫情之後，人際關係、家庭關係變化的笑話。

有一則滿好笑的：

馬來西亞規定大家盡量在家，關閉許多社交活動一周後，警方的治安通報如下：謀殺案：個位數；酒駕案：個位數；夫妻相互家暴案：數萬起。

看到沒？重點不在為何笑話挑到馬來西亞。重點在，你要大家居家不外出，壓力鍋自然回到家庭之內。

疫情蔓延，減少外出，避免感染。

疫情擴大，盡量居家，相忍為國！

部首「宀」下圈養著「豕」，謂之家。

這是從狩獵遊牧社會，進入農耕社會的顯著標誌。

我們守著家園，守著固定的儀式，成為一組群居關係的親人了，再也不是那居無定所、視線永遠在遠方的野蠻人了！

但從愛情到婚姻，不很像從狩獵遊牧，到豢養家畜守護家園的隱喻嗎？

我們總以為那應該是進化，是一個階段進入另一階段的終止與開始。但我們往往就忽略了，我們心底仍不免有著月圓之際，潮汐湧漲，狼嚎賁張的野性，那是千古以來，挑戰婚姻，最底層的焦躁與不安。

我們進化成家畜了。可是我們心頭，仍不時的想望著野獸的嚎叫、蓁莽的奔走。外在的危機，或是內在的轉機。我們被迫停下疾駛的腳步，或許有機會聆聽伴侶的心跳。

我坐在那發呆，手上握著《愛在瘟疫蔓延時》。

手機震動了。

妻子說，出去很久了，該帶午餐回來了吧！

他始終是宀下一隻跑不遠的豕，他笑了笑。再不回去，怕要變成冖下一隻豕，家還是比冢，溫暖多了。

豕是該回家了。

24

# 他想對女兒說，怎樣，戴上口罩有發現我們像父女吧！

他每天一早都在做的事。

應該全球數以億計的人，都在做同樣的事。

上網看看，又有多少人染疫？多少人沒逃過病毒的荼毒！

全球幾乎沒剩幾個國家，不在新型冠狀病毒的肆虐之外了。

這真正是一次全球危機。

講全球化，講那麼久。講地球是平的，講得那麼簡單。反而是一株新型冠狀病毒，把世界打癱了，躺平了，也讓世界全球「化」在沒有距離、無遠弗屆的陰影下。

很多國家，對外鎖國，對內封城。

一周七天，周間你工作，周末你休閒。

這規律，被鎖國，被封城，被管制，被隔離，給徹底攪亂。

你待在家裡的時間，要比以往多很多。

你要比以前更加驚訝，自己可以「居家」居得那麼長久?!真真不可思議啊！

居家，可以幹嘛呢？

我們總是浪漫的以為，真好，可以不上學，可以不上班，可以睡到自然醒，可以想做什麼就做什麼，噢，耶，噢，讚啦！

然後，然後你便開始發呆，發忡了。

望著廚房一角堆放的泡麵，罐頭，飲料，衛生紙，望著桌上一疊三片裝、九片裝的口罩，安安靜靜平躺在那，完全忘了它們可是你排隊上網，拚回來的保命防護罩！

他最近跟一些朋友合影，都一定要拍兩組。

一組戴口罩，一組不戴。

很清楚啊！多年以後，不戴口罩的照片，我們很容易便搞不清楚是哪一年哪一時拍的。但唯有戴口罩的合影，我們會眾口一致，啊不就是那一年嗎?!

啊，不就是那一年嗎?!

那一年，我們都戴上口罩。我們都安靜排隊。我們都站著彼此間隔一公尺以上。我們都發現，咦，怎麼每個人其實都長得滿好看的?!美目盼兮，巧笑倩兮。真的，靈魂之窗太重要！

怪不得，神字級的畫聖顧愷之，每次畫人像，都先不點眼睛。問他為何？這位畫壇性格巨星，回答可絕了：不先點，乃因一點下去，這畫中人，可就男的帥女的俏了！

為何？因為在他看來，「四體妍蚩，本無關於妙處，傳神寫照，正在阿堵中。」

（阿堵，指這裡，即眼睛。）

無論男女，四肢長得再好，沒有靈魂也是枉然。而要傳達這人的靈魂寫照，最佳處就在眼睛（眼神）！

顧愷之的年代，東晉，還很保守，衣襟寬大，男女都包得密實，看到露出手臂，頸項的白皙，男人就精蟲衝腦了。哪像現在，女人事業線無處不在，胸器橫行；男人有事沒事露出六塊肌。我們對身體的美學，暴露已不成問題，反倒偶爾會欣賞含蓄之美！

但顧愷之年代，含蓄是天經地義啊！

唯一，可以顯露風情的，就是眼睛（眼波流轉）。唯一可以挑逗情愫的，也是眼睛（眉目傳情）。

真是難以想像的年代啊，不是嗎？

但一場新型冠狀病毒，逼我們戴上口罩。逼我們，每個人，無論男女，唯有透過眼睛，去看他人也被他人所看。

這時候，你就後悔眼睛太小，雙眼皮不夠大，熬夜太多臥蠶太深，眼珠混濁無法回眸一笑百媚生了吧！

但後悔也不太來得及了。

戴著口罩，聽說可以趁機去斑，除皺，點痣，打玻尿酸，甚至豐脣，但偏偏就是動眼睛的手腳最麻煩！

因為戴上口罩，你暫時只能露眼！

還好，整張臉，就眼睛還不錯。

他終於可以驕傲的對「很怕別人講妳好像妳爸爸哦」的女兒說，怎樣，戴上口罩，有發現我們是父女吧！

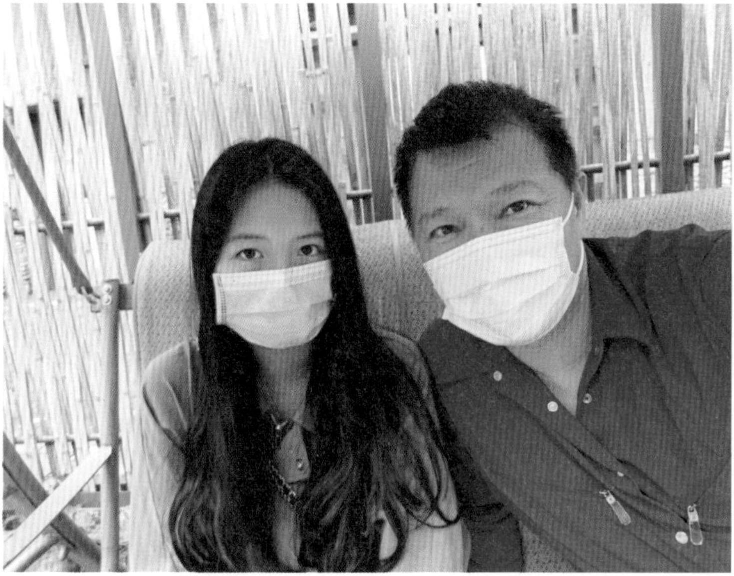

25

# 他放了一盒妻子愛吃的排骨酥，在桌上

有時候，想一想，這時候，可能有，應該有，絕對有，數億人，跟你一樣，坐在電腦前，工作。而且，是在家裡。

這應該說酷嗎？

好像也不太應該。畢竟，這也是不得已。何況，有不少人沒這麼幸運，可能還正在跟新型冠狀病毒在生死搏鬥呢！

何況，你也擔心，再持續這樣下去，你連居家工作的條件，也會日漸被擠壓。

畢竟，出口出不去，進口進不來，我們的工作鏈，是環繞地球的運作鏈的一環，沒人能長期躲過這全球性疫情的衝擊的。

如果，你會擔心。你的另一半，何嘗不會

擔心呢？

擔心未來，讓你們忘掉過去的種種，只想緊密的守住現在。

「難怪聽說很多家庭、很多夫妻、很多情侶，因而感情更好呢？」妻子甜蜜的邊上網看新聞，邊對我說。

是啊！這時候不甜蜜也不行啊！酒店關門，夜店休業，小三被隔離，小王出國歸不得，你我不廝守在一起誰能?!

啊，你敢這麼大膽，對太座的撒嬌這樣回答，你不要命啦！

是啊，他是要命啊！

所以剛剛那段話，是內心演出的私密劇

場，不對外開放，像疫情陰霾下職棒熱身賽，不開放球迷進場。

他對妻子的回答，實況是這樣的：

他把視線從電腦螢幕上，拉回。

他拿下老花眼鏡，他揉揉眼眶。

他把自己由於年紀，而略顯混濁但曾經是那般似水年華的雙眼皮大眼睛，以意志力，把塌陷的眼皮撐開。

他完全不用思考的，出自真誠的，發自內心肺腑的，像他昔日追求她時，文思泉湧，如尼加拉瓜大瀑布一樣，不斷湧現的愛慕。

他說了：「是啊，老婆，還好有妳收留我，不棄不離。在漫漫的荒野中，在疫情不可測的陰影下，我的心，才得以不慌不亂的，亦步亦趨的向前走。」

然後，他不能「查埔人剩一張嘴」，他要行動，他要實踐，婚姻中的女人，要的浪漫是要有行動SOP準則的。

於是，他要伸手去握著妻子的手。

輕輕地撫摸，輕輕地搓揉。

他要讚美歲月不曾侵蝕妻子的美。

他要讚美家中若無妻子不知亂成怎樣！

他要讚美妻子是神是指南針是最美聲的鬧鈴。

他要讓她明白若有一天海枯石爛他也要對她輕聲地唱著張惠妹那首〈聽海〉。

不然，王菲的〈紅豆〉亦好。

總之啊，他要讓她知道，他從來不完美，尤其對愛情的表白。但他心中確有一顆追逐完美愛情的想望，那是因為她！都是因為她！

然後呢？

然後他就從自己的幻想中醒過來了。

妻子已經去追劇了。聽說從《愛的迫降》，追到《夫妻的世界》。

還好，妻子算滿意。

因為，他特地跑到這城市地圖上，離他們家對角線最遠的那一端，去買了她口水流很久的排骨酥。
開了二十幾分鐘車，去。
再開了二十幾分鐘車，回。
一盒排骨酥，熱騰騰的，放在桌上。
他拍了張照，發了個Line，傳給她。
欸，真是老夫老妻了。
寫詩，沒用。
寫情書，滿紙廢話。
只能用美食安撫了。
活著，你求什麼？
工作安定。家庭和諧。
健康平安。世界和平。
有一盒妻子愛吃的排骨酥。

在疫情不知何時伊於胡底的世紀裡。

26

# 他訪問一位食物外送員，他一心想當下個盧廣仲

他停在紅燈前。

左右兩邊，好幾部食物外送機車。

有 Food panda，也有 Uber Eats。

這段時間，聽說這是逆勢成長的行業。

綠燈一亮，他們飛快起步。

妻子說她最近加班，中午都叫外送。

他有天要離開辦公室前，發現他周邊幾個年輕同事，桌上都是一模一樣的便當，不是附近快炒店，用一般紙盒裝的那種。而是，圓圓的盒子，上面透明塑膠罩著，便當是熱的，透出水氣，把塑膠蓋子氤氳出蒸氣模樣誘人食欲的，頗為高檔的便當。他看到其中一份，應該是燒肉飯。

一排肉，脆皮連結，肉片切開，肥瘦分明，一看就好吃。

他吞了吞口水，隨口問：「怎麼都是一樣的便當？你們叫外送嗎？」

年輕男生靦腆的回答：「是啊，大家一起叫方便嘛！」

他笑了笑，吃得不錯哦，很享受。

男生回答他，疫情嘛，要對自己好一點！

他有點餓了。

但那家店燒肉飯是好吃。

在這城裡，給了外送食物很好的先天條件，摩托車特多，手機連線便捷。

便於停車，便於聯繫。

他訪問過幾位年輕朋友，兼職做外送食物的。

有的想做藝術家，有的想從事演藝。也有的，就是不想上下班。

只要有部摩托車，自己想接案子就接案子，一天跑下來，可以休息一天後，隔日再接，薪資直接入帳，養得活自己，又不用看長官臉色，挺好挺自由的。

一位體型稍胖，但歌聲超級柔軟的年輕兼職外送，這樣娓娓的對他道來。

他聽了他的錄音，稱讚他歌聲很好。

兼職外送員，嗯，還是應該稱，兼職歌手呢？反正那年輕人笑笑說，歌聲好沒用啊，好幾個星光幾班的，也跟我一樣，不是做外送，就是當街頭藝人啊！

好賺嗎？

真的比上班好。

你每天都做？

如果沒通告，就連續幾天做。

不危險啊？我若是你爸媽我會替你擔心。

我沒告訴我媽。怕她擔心。我只說兼差打工。

萬一歌手當不成呢？

那就一邊外送一邊替人寫歌編曲啊！

你騎很快嗎？

哈哈，我很愛騎快。但公司現在要求不可以違規，違規扣點數。

有沒有比較奇特的外送經驗？

有噢，有一次叫我送到陽明山小油坑那。天氣不好，一上去都是霧。找了老半天。

這麼有趣？我猜是上山偷情的情侶吧！

誰知道，我也不會去猜。只要不是糊弄我，會付錢就好。

他們點什麼？有多給小費嗎？

有啊，多給我一百塊。他們點的是很高級的鰻魚飯那家哦！

最近有外送到被居家隔離的嗎？

也有。

怎麼送？

啊就送到門口放在地上，叫他自己出來拿啊。

你不怕？

怕啊，安全帽，口罩，蓋得死死的啊，怕還是要賺錢啊！

哈哈，謝謝你接受訪問啊！

不會啦，很高興能告訴大家，我們做外送的心聲。

祝你未來發片成功。要來我節目專訪哦。

一定一定。

噢對了，最欣賞哪位歌手？

台灣的嗎？我最愛的是盧廣仲，因為我也要走創作型。

哈，我剛好認識他，他愛喝威士忌哦！

真的？

真的，酒量不錯。

酷哦。

待會要接案子嗎？

要，我一出去，就看一下手機，上去告訴公司我可以接案子了。

掰掰。

再見。

他送年輕外送員到電梯口。

望著他，背著背包，回首跟他揮手。

他也揮揮手。

自己摩托車騎得不好，從未把它當成交通工具，自然也從未靠機車吃飯。

但常常被妻子罵，你很機車你知不知道！

「我不是機車我怎麼知道?!」

他擅長的內心小劇場，曾如是回答著。

# 27 他鼓舞自己，愈是不安愈要忠於自己啊！

少出門了。

本來就滿宅的他，更願宅在家了。

這裡摸摸，那裡碰碰，忙完，坐下來，讀書，上網，喝茶喝咖啡。

收入雖然由於活動減少銳減，不過開支也因為少出門，亂花錢的機會也變少。

他有留意到，一家網路書店上，竟然有一本老書一直在百大的榜上。

他年少時，很受影響的小說，《異鄉人》。連帶的，作者其他幾本書，也常常會被點選到，包括《薛西弗斯的神話》，包括《鼠疫》（舊譯《瘟疫》）。

他少年時期，滿腔憤青，讀書是解悶，找

思想出路的窗口。

還好有這窗口，可以憑欄遠眺、想望遠方，他才沒有貿然的從窗口跳下，冒失的淪落深淵。他才經歷過很多事，擦肩過很多人。他才遇上愛情，他才進入婚姻，他才巧遇女兒，他才知道中年以後人生可以是怎麼一回事！

聽說，這幾年，卡繆突然又紅回來了。《異鄉人》在出版市場，始終長銷。又紅回來，跟人在世上的體悟有關吧。

他常說自己是「存在主義之子」，他的人生基調都是吧！

二十世紀，整個來說，都是騷動的。

兩次大戰，一戰奪走了卡繆的父親。不識字的清潔工母親，辛苦拉拔卡繆。異鄉人，若是邊緣人的體悟，那卡繆青年時代以前，全是邊緣人處境。他在法屬阿爾及利亞長大成人。

二戰時，他在淪陷的巴黎，親睹戰爭的創傷。

戰爭期間，出版了《異鄉人》與《薛西弗斯的神話》，聲名大噪。可他還是邊緣人，因為他從來不屬於巴黎那優雅的文人傳統圈。

戰後，他拿到諾貝爾文學獎，巴黎人仍舊酸言酸語。

二十世紀兩次奪走千萬人命的大戰，沒有讓卡繆懷憂喪志。

一九六〇年，卡繆卻死於一場車禍，年僅不到五十歲。

他有時回想，自己為何那麼迷戀過卡繆呢？

年輕時，一定是憤青歲月，讓他在卡繆出身卑微卻以一枝筆，打造了自己不凡的人生所啟發吧！

多年後，他懂了卡繆同一年出版《異鄉人》與《薛西弗斯的神話》，不是巧合。

《異鄉人》是《薛西弗斯的神話》的文學版本，《薛西弗斯的神話》是《異鄉人》的哲學文本。

人生總是徒勞的，日復一日。但存在的意義，也就在日復一日的徒勞裡，益發像我們剝開被層層蔓藤糾結的傾頹古廟，驚訝的發現，原來神祇仍在，原來千古以來，我們心中的信念，其實一直沒變！

人生總是徒勞的，但日復一日的徒勞，讓我們觸碰了靈魂最深處，會感動會撼動的意義。

在動盪中，人會突然感知到，好像理所當然的一切，都不是那麼理所當然起來。走到了二十一世紀。

曾經有過的樂觀，以為歷史終結，以為意識形態終結，但時不時一隻黑天鵝突然竄出。不確定，原來始終是我們活著最本質的不安。

於是，存在先於本質，不管你是誰，不管你出身如何，我們面對不確定的威脅，永遠會記得「存在」優先。

他的老友楊照說得真切，卡繆真諦，無非就是忠於自己的靈魂。

他還記得當年讀過的《異鄉人》、《薛西弗斯的神話》，老譯本分別出自詩人莫渝，台灣本土比較文學博士第一人張漢良的手筆。

如今，新譯本從法文直接入手，譯者也都是新生代了。

世代交替，歲月悠悠。

但我們忠於自己的靈魂，不能變啊！

# 28 他彷彿感覺日子慢下來，我們都像生活家了！

日子慢下來，人人都像哲學家了。

本來，慢生活，一向是千百年來生活的常態。

直到資本主義、工業社會之後，人才有了時間的效率感。

時間，就是金錢。但陶淵明的年代，時間哪裡是金錢？

採菊東籬下，悠然見南山。

沒人要你去打卡。

久在樊籠裡，復得返自然。

原來一直以為的忙碌不過是樊籠裡的幻覺啊！

此中有真意，欲辯已忘言。

真正的智慧來自生活何必再多費言辭呢！

日子慢下來，人人其實都可以更是生活家。

慢下來，靠的是智慧，知道忙忙碌碌，所為何事？

但多數人，是沒辦法的，我們要工作，我們要養家，我們要生存，我們要為子女勞，我們要為未來謀。

我們停不下來。

唯有，像新型冠狀病毒這樣的危機，才讓我們被迫停下腳步。

讓整個地球，雖然自轉依舊，但時間感的相對論，卻緩慢下來。

班機停了，或許才發現，其實幾個月不搭飛機，亦可。

餐廳不去了，或許才發現，把食物帶回家，一家人安靜吃飯，亦美好。

外務減少了，或許才注意到，家裡陽台上若栽種幾株陽光下熠熠生輝的盆景，亦是甚好。

與另一半相對注視的光陰多了，或許才心惜對方怎麼在歲月裡流失了黑髮流逝了光澤，你伸手去握住他，亦且仍令你心動。

我們唯有被迫去面對一種斷然要跟熟悉的節奏說再見，我們才知道我們本來就可以有另外一番人生的光景。

我們唯有被迫失去，才會緊緊抓住以為可以輕易丟棄也不回頭的此刻。

當日子慢下來，我們之所以是哲學家，乃因那時片刻，我們思考了。我們被迫思考了。

戀愛時，你只能當詩人，歌頌自己的幸福。你不會想到別人失去愛。

失戀時，你必成哲學家，你悲切自己的遭遇，你因而聯想到天下有情人之不成眷屬的哀。你感同了你身受了世界的陰暗。

我們失去的那一剎那，我們成為有智慧的人，但可惜，我們終將「失去了」，失去戀人，失去親人，失去美好，失去過往。

所以有人說，死亡威脅之際，我們有智慧。但死亡之後，是沒有再生，再說重來的機會的。

於是，你也就會明白，為何這大規模因疫情而被迫改變的世界規律，對我們是何其的有象徵性。

我們感受了威脅，但還不是立即當下的死亡。

我們還有機會停下來，站在窗口，往外遠眺。逼近的威脅，讓我們可以把手邊的卷宗，把電子記事本上安排的流程，整個攤開來，細細的檢索。

你在哪裡？

你的最愛，在哪裡？

你還有多少可能的時光？

你最想跟誰一塊往前漫遊？

擁有並非生命的常態，失去才是！那怎麼辦？

當一切順理成章、理所當然時，你為何會失去？

是不是有時候，順理卻不成章！理所而不當然時！才是生命由衷的實況呢？

日子慢下來。

我在陽台上，注視著老媽送給我的盆景。

為何在她手裡，每一盆都開花燦爛、綠葉招展。到我手上，卻像餵不飽的毛小孩，猥瑣於日光下呢？

日子慢下來。我要打個電話給老媽，要她慢慢告訴我，她是怎樣養花，養我們四個小孩一路到大的！

# 29
# 你幾曾回首來時路呢，如果不是疫情迫使放慢腳步？

朋友從美國回來，規定要居家檢疫十四天。

他了解朋友個性，活潑開朗，愛交朋友，是古書上描述的，大碗喝酒，大口吃肉，大聲唱歌，大嗓講話的人。

憋十四天?!歐買尬?!我一個人呢?!歐買尬。

朋友在電話那端，大聲嚷著。

他猜，朋友住的那棟樓，樓上樓下應該都聽到他的嗓門了。

他可以想見那畫面，壯碩的朋友，一邊講手機，一邊用空下來的手掌，拚命拍打自己額頭，歐買尬歐買尬。是滿好笑的。

但朋友不回來也不成。

太平洋兩端都有事業，來來去去，很平常。可是妻小在這座城裡，心也連在這。何況，他的酒肉朋友，多半在這。賺錢可以在太平洋那端賺，花錢卻總該花在這裡，不是嗎？

他常常這樣大嗓門的講。

這趟回來，碰上疫情險峻。他直呼好險好險，再不回來，留在那，更糟。老婆小孩擔心，他自己也不放心。

寧可回來，關在家裡十四天。

妻小回娘家。另一種特殊狀態的夫妻分離。

我們沒給他送酒。

他藏的比我們都好都珍貴。

反倒我們很懊惱。此時此刻，也沒法去他家，跟他喝。

我送了幾本書、幾張ＣＤ。

外帶一塊伊比利火腿，切片搭威士忌，特好。

就這樣哦，十四天後見。

我是讀書如吃三餐帶宵夜的人。

出不去，世界也堵不住我。

但要一連十四天都在一個空間裡，也真不是容易的事。

我望望陽台，還好，還好有一座陽台。

上面陸續添了幾座盆栽。至少發呆的時候，還可以望著它們發呆吧！

我從來都對植物很笨拙。

陽台上的，是母親送來的。

先是兩盆玫瑰。

老爸年老體衰後，不輕易出門。母親擔心他一個人在家，乾脆非必要自己也少出門。母親好動，想出了在頂樓植栽的點子。

一發不可收拾。

不誇張。頂樓如一座森林。盆栽大棵的，幾乎跟我一樣高了，茶樹，厲害吧！還會開花。玫瑰最多，七八盆。

母親養得好了，便叫我們孩子，自己拿。拿走了，她再買盆子，再種。

還有一盆養的蔓藤，沿著母親插的竹竿一直往上攀，攀到陽台邊隔壁的牆面。

母親帶我上去看這株蔓藤，眼神放出光芒，彷彿養一個小孩出人頭地似的。

只是這個小孩，是不會離家遠去的，會一直守候在頂樓。她累了，乏了，被老爸嘮叨煩了，她一走到頂樓，這株她老年栽種的蔓藤，便安靜的守候著。

我們其實比自己以為的，更能居家的。

我們的母親，不都是這樣嗎？

她們忙著我們的早餐，我們出門上學，老爸出門上班，她挽起袖子洗一大盆衣服。

她去買菜。她打掃家裡。

她終於閒下來，看歌仔戲。

傍晚準備我們一個接一個的回家。

晚餐，整理，直到入夜。

很多年後，他在給居家隔離的朋友影像通訊。

朋友說，太無聊，乾脆把每個房間打掃整理一遍。

算過了，兩天一間，加客廳，廚房，前後陽台，藏酒間，十四天綽綽有餘。

朋友說，整理臥房，看到太太把一張張全家出遊的照片，整理成相簿。雖然老派作風，但他單是翻相簿，就喝掉大半瓶紅酒，而且有時翻著翻著，眼眶都紅了。

原來有那麼多美好啊！

原來有那麼多美好啊！

如果不是疫情，迫使我們放慢了腳步，你幾曾回首，來時路上的美好呢？
你多半是拚命向前的。

30

# 當時間癱瘓以後，你靠的無非是堅持

聽說又有一本「武漢封城日記」，要出版了。這本是英文版，作者是方方。跟我之前讀的《武漢封城日記》不同作者。

但她們描述的，都是封城期間，小日子的心情，惶恐、害怕、搶購、囤物、朝不保夕惶惶終日，但日子還是要過，家人還是要顧，甚至有了更多時間，還可以反思自己，試著幫助他人。

人比自己以為的更貪生怕死。

但，人也比自己以為的，更愛親人，更愛旁人。

好矛盾的心理。

好困惑的自己。

一切都發生在圍城封城的日子裡。

我讀的《武漢封城日記》，作者是郭晶。她在一月二十七日，記下〈世界如此荒誕〉。

「這場封鎖讓時間和空間靜止下來，我們的情感和情緒則被放大了。我從未如此關注過自己，很多細小的思緒在此刻很難轉瞬即逝。」

這段感觸，讓我想到二十世紀，一九三〇年代，超現實主義畫家達利的名作〈時間的堅持〉或〈記憶的永恆〉。

在隱隱不安的畫面氛圍裡，四只懷錶，一只閉合，上面彷彿爬滿螞蟻。三只分別掛在桌沿、枯樹，以及像物又似人的物體上，但這三只鐘錶，都不是平日所見，直挺挺的矗立，而是軟趴趴的，如半融化的乳酪，掛垂在那。

這幅畫，有很多寓意。

上個世紀，一九三〇年代，一戰的創痛猶在，二戰的陰影逼近。社會騷動，舉世不安，人心焦躁，藝術家亦難擺脫現實的糾葛。

時間，原來是直線前進的。鐘錶曾經代表一種機械文明的進步，時間可以精準校對後，人類宛如勇往直前的機器，進步是可以預期的，落伍閉塞的過往，將一去不返。

然而，真是這樣嗎？

若是，為何二十世紀的人類還是戰亂頻仍？殺戮甚至更為慘烈？機械文明若是進步象徵，何以科學創造的機械反成為更兇殘的劊子手？

超現實主義畫風，給我們留下一幅幅，掙扎於意識底層，醒之邊緣的，充滿隱喻的珍品。

至今，我們凝視達利的〈時間的堅持〉，猶能震撼於他對時間的超級有感。

唯有當時間與空間都靜止下來時，我們才發現更細微的自己，更細微的生活樣態。

《武漢封城日記》裡，還記述了一段很日常的小故事。一個平日很忙的上班族，靠著打電玩，宣洩壓力。

但封城之後，被迫在家，開始擔心工作可能不保，連電玩也愈打愈無趣了。最後，乾脆停下來，每天陷入無聊，陷入絕望。

當時間癱瘓後，我們還能一如既往地以為，日子可以正常過下去嗎？

我們下班回家，因為我們把上班當成日常。

我們培養休閒，因為我們把工作視為當然。

我們周末探望長輩，因為我們把平日給了自己。

我們陪孩子嬉戲，因為我們總認為長大這件事還早。

我們望著時間表分秒必爭，因為我們一直相信時間就是金錢。

當時間軟癱之後呢？

當很多視之為必然的不變，都改變之後呢？

讀著《武漢封城日記》，他上微信，找到作者，給她發了簡訊。感謝她堅持在圍城裡寫日記。感謝她，讓他在千里之外，感同身受了一個在孤絕中仍努力想過好小日子的靈魂。

原來人與人之間，距離那麼近。

而這，都因為時間靜止了。

他終於明白為何從以前到現在，他都偏愛達利那張名畫，應該譯為〈時間的堅持〉。因為永不永恆，關鍵都在堅持。沒有堅持，沒有永恆。

31

# 想要與不要，那是一種純然的自由了！——周日裡，慢讀一首詩，有感

疫情裡，很多事，都有了第一次的特別。

你戴著口罩，上街。

戴著口罩，逛超市。

戴著口罩，搭捷運，坐公車。

戴著口罩排隊買口罩。

戴著口罩，談情說愛。

但疫情下，你還是得過日子啊！

於是，你在人人戴口罩的出席中，參加了一場朗讀沙龍。

隔著一段距離。讀者也相互隔著一．五公尺，聽你的朗讀。

就在那一晚，主持活動的年輕詩人，跟你要了地址，靦腆說寄本詩集給你。

啊寫詩的年歲啊，竟然也是那般遙遠的世紀了。

你點點頭。

你是一直維持讀詩的習慣的。

詩，是最細緻的文字聚寶盆。

一個單獨的字，孤立。兩個連結的詞彙，發光。三個以上，層層堆疊的句子，神祕化境。

詩，可以自嗨。

詩，可以穿越。

詩，可以旅行。

詩，可以築城。

詩，可以讓你行走人生，記錄似水年華。

幾天後，你收到了詩集，《島語》。

趁一個飄雨，濕露，氣溫降低的周日清晨，配著熱拿鐵，躺在客廳沙發椅上，慵懶的讀詩。

你讀到一首詩，詩一般的散文，〈想要與不要〉：

「秋光正好，手沖咖啡也正好。那個角落曾經非常繁華，如今老而彌新。不管在什麼年紀，我們都有資格選擇，跟喜愛的人事物相處，跟不喜歡的人說不用再聯絡。認清自己的想要與不要，然後找個好位子喝咖啡吧。別人喜歡的座位，不一定適合自己。」

或許是如今的心境。

或許是，此刻的環境使然。

你超愛這首短詩。

你到現在還是很愛手沖的咖啡，如果可以選擇的話。

那是老派的堅持。

莫名所以的堅持。

坐在那，看咖啡師，尤其是臉上帶點滄桑的，熟練的沖製咖啡，熱水傾注，熱氣騰騰，香氣四溢，自有一股暖意沖上心頭。

難怪日本的料理節目總在此刻，會讓準備享受飲食的人，合起雙掌，表達敬意。那也是老派的堅持，對職人精神的感謝。沒有適當的閱歷，難以理解。

你也喝過萬杯以上的咖啡了。

秋光正好。

春光亦好。

夏光微沁。

冬光暖心。

你也曾在某些角落非常的繁華過啊，如今是否老而彌新呢？

你愛去的一家老店。吧台裡的師傅，都第二代了。你從大學起，便時不時去坐坐。

那些繁華過的角落，多少人坐過，多少人不再來過？

仍不時來坐坐的你，跟掌店的二代隨意聊起過去，唯有在老店喝咖啡的人，才會對時光充滿敬意！

活著，健康活著，還能喝杯熱咖啡的，都該向自己致敬啊！

跟你一塊喝過咖啡的人，何止成百上千！

但我們記憶中留下的卻也不多。

終於我們是可以坦然的，對自己說，隨意找個位子，安靜喝咖啡，是多麼愜意啊！

對座，有人亦好。

無人，亦可。

不必勉強。

要到了怎樣的心境，我們才知道「不必勉強」的自在呢？

你才驚覺到，對座的位子，有人坐下，有人起身，有人去而復返，有人不再回頭。

而你手中的咖啡，必須永遠是熱騰騰的。

如今你明白，找好位子坐下後，翻著menu，你心無旁騖，因為身旁的空位，總是等著妻子等著女兒笑瞇瞇的，過來坐下。

想要與不要，那是純然的一種自由了。

後記：謝謝詩人凌性傑疫情中寄來撫慰的詩集。

32

# 每顆趕早出門排隊的心，都載著滿滿的愛啊～

果然，沒～錯～。

車子要轉過彎角前，你猜，應該又是一條人龍。

果然沒錯。

我不過是一周買兩次菜，每次都差不多七點十分前後。

可是車子一轉進這條路口，他的右邊，每次都是一條長長人龍，顏色很一致，下段清一色，是紅色，上端，多半是深色系黑灰棕，不然便素色偏白，但最上端，又清一色是淺綠，因為統統戴口罩。

一開始，我不免疑惑，怎麼啦，一大早幹嘛排隊？有好康的嗎?!

但一回神，理解了，在排隊，買口罩。

車子緩緩滑過排隊人龍的旁邊。

這是老城區了，街道狹窄，從他大學時期至今，多年沒變。

排隊的人龍，搶占了窄窄人行道，行人只能被擠到路面上，公車再稍逼近，勉強雙向的車道，很快便被準備上班的車子機車塞滿。

我有經驗了，不急，反正也不過是買菜，市場在那，豬雞魚，都不會跑，不擔心。何況我也買不多，不怕被人搶光。

一大早排隊的，我放眼望去，幾乎全屬銀髮族。

應該是藥局貼心，乾脆準備一堆塑膠凳子，一張一張接龍，我不確定是先排好，還是來一位買口罩的，便自己拿一張凳子？

我是每次都只看到長長的人龍。坐在紅色凳子上，很安靜的排隊。

應該是有滑手機的，也有彼此聊天的，也看到有人看報紙。但絕多數，是安安靜靜，坐著。閉目養神。坐著打盹。張目發呆。眼神四顧。

很不容易，很不容易。

這才早上七點多。

要排到九點多以後，才進行發牌號，要等時間到，再開賣呢！

這些長輩，一大早，安安靜靜等在這，為了排隊買口罩。

家有一老，如有一寶。

現在家裡若兩老健在，那晚輩可開心了，長輩一人帶兩張健保卡，上班的夫妻不用排隊了。

有名嘴譏諷這些排隊老人，時間多（退休了），不上進（不上網購），我卻看到這些排隊老人，有顆溫暖的心。

他們心疼兒女上班出門早，他們疼惜媳婦女婿兩頭忙，他們寧可自己一大早，先去占位子排隊。

他們不對嗎？

時間多，本來就是他們的優勢。

他們排隊也沒有特權，一人照規定，最多兩張健保卡，領六份口罩。

他們在大清早，冷風中，抖擻精神，為的無非是一種疼惜，一種愛。

我跟老媽電話裡說，您不用排隊，我幫您在網路上預購。

老媽說，哎呦，我不會啦！

我大聲說，是我幫您預購，不是要您上網啦。

老媽跟著提高嗓門：（奇怪，是我怕她聽不清楚，抬高音量，她幹嘛學我?!）哎呦，不用啦，反正我起得早，出門去排隊，順便走路運動。你們家口罩夠用嗎？我這裡還有多的。

譏諷老人家趕早去排隊的人，一定沒有問過自己的父母。他們七老八十了，還是念茲在茲，關切自己的「小孩」，以及「小孩的小小孩」。

你知道一大早出門排隊，在這乍暖還寒時，有多冷嗎？

妻子牙痛，老是掛不到一家名醫的診。

她說，預約要到一個多月以後，人家牙痛等不了（撒嬌狀）。

怎麼辦？

醫生每天開放三個名額當天看診。但要一大早排隊，領號碼牌。講完後，妻子滿臉委屈狀，痛啊～好痛啊～

我能說什麼呢？

隔天，天沒亮，出門。找到牙醫診所。才開放三個名額。絕對要早。

六點不到，到了門口。

咦，運氣好，沒人。

但走近一看，地上排了兩張小凳子，上面放了袋子（又是凳子?!不妙！）果然，有人在一旁來回走動，天氣太冷，占好位子，人要活動。

還好，還好，我排前三名。

怎樣呢？拉緊衣領。縮起脖子。七點半，領牌。我要排隊一個半小時。

這歷史鏡頭，豈能不自拍存證？

喀嚓，喀嚓。

傳給妻子看。

過了一會，妻子回傳。哦，好愛你哦老公。

咦，但怎麼你看起來，好像……好像……

好像什麼?!

好像街頭藝人！

知道了吧？每顆趕早排隊的心，都載著滿滿的愛，懂嗎？不要嘲笑安靜排隊的人！

33

# 我何時才得以不驚不悚，從容承受生命的過往呢？

戴著口罩。

看了一下午的網路，好累。

到附近便利店，要一杯熱拿鐵。

店員熟識，苦笑，生意滑落了三成左右。

我很驚訝，客人進來，都不是花大錢啊～

也受影響嗎？

怕人多啊！

怕感染啊！

景氣差，自己帶便當啊！

能省則省。

店員嘆口氣。

走出便利店。

不知是不是心理因素。

出來後，街上看到的每個人，都行色匆匆，面帶愁容。但他們都戴著口罩啊，哪裡看得出表情呢？

不過，心情不會太好，是肯定的。

每天接受的訊息，不是疫情在蔓延，便是市場大低迷。誰，心情會好。

握著熱咖啡。午後，回溫了，但站在街頭，還是涼風習習。

突然，我的視線被一對身影，吸住。

在腳步匆匆的街頭，一對幾乎以慢動作，走過紅綠燈的身影，吸住我的目光。

絕不誇張。慢動作。

因為是一對白髮蒼蒼的夫婦（應該是

吧！），手牽著手，慢條斯理的，從對街，走過來，或者該說是，踱步過來。再慢條斯理的，從我面前，慢慢踱步而來。走得極慢，極緩。我讓到路旁，讓他們慢慢、緩緩地走過。

沒耐心的路人，或從他們身後超過，或從他們身旁擦過，沒有人會以那樣的節奏走路。除非他們，真是老人家。但也並不是老人家，就一定腳步慢啊！

他們這一對，給我的印象是，他們完全放鬆，完全投注在自己的節奏裡。這世間，無疑是一個舞台，沒錯，但只是他們兩人的舞台，與外人無干。

兩人的頭髮，能那麼默契的皆白，令人驚訝。

兩人的手，牽那麼緊，若是年輕的肉體，我毫不意外。那是荷爾蒙的致命吸引力。

然，牽在兩隻至少加總起來沒有一百六十，也有一百五十歲的手上，你就是覺得特別。

兩人的衣著，都是老人家愛的寬鬆款式，垮垮的垂在身上。鬆鬆的褲管，寬大的上衣。鞋子是適合徒步的，休閒鞋，有厚軟鞋底的那種。

兩張臉，都布滿皺紋。至少露出口罩外的臉部，是這樣的。

他們手牽著手。緩緩的，從我眼前，慢慢走過。

我一直目視他們，直到，消失於街的那一端。

在疫情陰霾的世間，他們何其的悠哉悠哉啊！

我猜想，如果他們是八十歲的世代，他們便走過了日治，走過了光復，走過了威權，走進了民主。

他們看過多少次颱風，嘗盡多少次水災，震醒於幾次的地震，經歷多少人生的風暴，而後，才得以這麼悠哉、大氣的，走在這城市的街頭，唯「我們」而獨尊，視旁人如無物的小世界。

我很少看到中年以下的人，能如此神閒氣定的。

大概也是因為，我們還要再驚豔很多的起伏，再經驗很多的時光吧！

好像是在賈西亞．馬奎斯的小說裡，讀過類似一段話：由於年輕，遂不懂心底的記憶，會抹去不好的回憶，加深美好的回憶。為什麼會這樣呢？這樣你才得以承受人生，才活得下去啊！

活得夠老，活得夠久，才知道愛情是怎麼回事？才知曉快樂與否，是你自己的事！才明白別人的評價，與你要的幸福何干！才明瞭來日不多，何必浪費時光在不悅的人事上！

疫情既然來了。

既然都要戴上口罩。

既然你我都無所逃於天地之間。

那就手牽手，緩步向前吧！

走不快，但我們走得優雅，幸福。

我站在街頭，心想：這對老情侶，肯定是疫情裡的天使，帶來智慧，帶來平靜。

34

# 他默默唸著，餘生裡，他是妻子最親密的男人了！

終於可以稍稍放心的，把口罩拿下來，大口的呼吸啊！

空氣那麼新鮮。

大口呼吸，那麼自在。

沒有口罩的臉，讓涼意沁得好自我。

戴口罩的日子，日子還是得照過。

清明節前便商量好，不跟人擠，假期結束後，隔天上山，掃墓。

誰知，大清早，飄雨了。氣溫下降。

他望望天候。妻子說，還是照計畫吧。

中午上山，微微飄雨，空氣冷颼颼。

不過沿路沒什麼車，他駛得很慢。

山路崎嶇。駕駛沒感覺，坐車的人，很不

舒服。
這條路，碰到假日，常常塞車。
沿路風景點不少。
白天看山景，忘市塵。
夜裡，漫天星空，夜景一絕。
無論白天黑夜，都有人驅車騎車，上來半日遊。
他年輕時，不免也跟著死黨，時來踏青。
就那樣悠悠晃晃，把一整個二十、三十的年歲，都晃掉了。
他當時怎麼也不會想到，有朝一日，陪妻子，上來掃墓。
岳父過世後，妻子選在這山的另一邊，望

海的一邊，安葬了岳父漂泊的靈魂。

墓地選得很好。緩緩的山丘，很令人心安的西式墓園，一塊塊錯落的平躺墓碑，就安息著已然安息的眾多生命。

山上天氣變化大。

常常山下陽光普照，上了山，雲霧大起，還會飄雨。

年輕時，他便訝異於這山上變幻如夢幻的面孔，時不時便跟朋友上來遊蕩。

有時，穿梭雲霧山嵐之間，邊前進邊忐忑，戰戰兢兢穿過後，豁然開朗，宛如穿越劇，一下子穿越時間的兩端。

他後來喜歡上一位這山裡一所大學美術系出身的畫家作品，漫山遍野的相思樹，突然從山腰竄出的大片白雲，細細的工筆油畫，緩緩的山形幻化，道不盡的人生款曲，只能身在此山中，不識人生真面目。

他沒想到，他們夫妻到了墓園時，剎那間，雲開見日，雨停了。

雖然停得不久，但足以向先人致敬了。

他們安置好鮮花。在岳父的墓碑前，默默蹲著。剎那之間，過往與此刻交融，先人與後輩交會。雲在天邊緩緩飄浮，心在地上緊緊相扣。

妻子握住他的手。

他們並肩站著。

沒說話。

趁妻子整理一下墓碑旁的雜草，整理一下心情。他隨意在墓園間走動。來過好幾次了，他知道這裡安葬了幾位他認識的人。

有一位，是他年少時已經非常有名的前輩，締造台灣文化盛世的媒體人。

他來，總不忘帶一束花，放在他的墓前，聊表自己的心意。

他還是會默默站一會。注視著墓碑上的名字，想著自己到台北來念書時，對躺在這裡的昔日多麼引領風騷的前輩的仰望。他沒有白活過。至少，他是受到他一定程度引領過的世代。

妻子走過來，把他從默想中喚回。

又要下雨了，走吧！

他們牽著手，望停車處走去。

回程，跟去年此時一樣，他們在路旁一塊種滿海芋的園子停下。

霧濛濛的海芋田，宛如祕境。

妻子開心的在海芋田間移動。

他想著他的岳父。

他望著她的妻子。

是怎樣的一條線，牽出他與妻子的家人，在此生此世的這些關聯呢？

要離開墓園前，妻子問他：「我們將來走了，也合葬在這裡好不好？」

他睜大眼珠，露出驚慌：噢NO，都跟妳半輩子了，連往生都不放過我噢?!

妻子白他一眼！

他握緊她的手，往墓園外，緩緩走去。

餘生，他是妻子僅剩的，最親密的男人了！

戴上口罩，捧著海芋。他們要下山了。

35

# 我們唯有承諾，把生命浪費於自覺美好的事物上！

疫情方興未艾。

但人的生老病死，從不曾停止。

有朋友戴著口罩，迎接新生兒；有朋友戴著口罩，送別親人。

唯有生病住院的朋友，要他別去。

他明白。傳了簡訊，祝福早日康復。請快遞，送了營養品去。

但送好友至親最後一程，無論疫情怎麼威脅，他還是去了。

高齡長輩，一生福壽雙全。

歷經戰亂，貧困年代，始終氣度平和，家風嚴謹，子孫個個成材。

他致敬後，一個人踱步戶外閒散。

殯儀館原先是城市的外緣。

隨著發展，竟置身於周邊的高樓大廈之間。

每次他來，停車困難，人車爭道。好不容易進去，泛紅了眼眶，出來，又湧進塞車的窘境裡。常常令他疑惑，先前的死別肅穆，跟當下爭道的忿怒，怎麼情緒落差，大到難以調適?!

但他還是走進旁邊的公園，在茂密的樹林間，緩步吹風。

活著，真好。

但真是這樣嗎？

逝去的人，若了無遺憾了，那逝去，說不

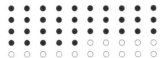

定更好！

他一直覺得自己在生死議題上，算幸運。

家族長壽基因，長輩幾乎都活到九十幾！

他因而很難理解，朋友裡，有人幽幽告訴他，青少年，青年時期，失去至親的感受。

人，一旦活到足以理解死生為何，多半，比較能平靜的處理親人的後事吧。

他母親八十幾了。小毛病很多，但嗓門依舊很大。

某一天，他回家，母子閒聊。

母親突然告訴他，若有天，她突然需要急救時，「千萬千萬」不要插管！你一定要記得。

他詫異地望著母親，母親不是開玩笑。

母親說，村子裡，好多例子了，插管要死不活的，太痛苦，她不要。

他摸摸母親的手，布滿老人斑。曾經替他掏耳朵的手，曾經拿起掃帚追打他的手，曾經撫摸著他被老爸痛扁瘀青處的手，曾經為他的妻子套上金手鐲的手，曾經抱起他女兒開心到像要跳舞的手，如今布滿老人斑，卻告訴他，她的大兒子，健康告急時，千萬千萬，不要插管！

他眼淚一直流，一直流。但嘴裡回答母親，您會長壽健康的，您會長壽健康的。

人生，總有艱難的選擇啊！

他走出公園。

肚子餓了。逝者已矣，但生者，還是要吃喝拉撒啊！

他沿著公園旁的一條街道，傳統市場模樣的老城區街道，隨意走著。

想說傳統市場總有可以吃一碗陽春麵，喝一碗貢丸湯的小店吧！

於是，他便看到了這城市裡，最大的一處水產市場。

他走進去。

入口處，量額溫，乾洗手。

服務人員提醒他，口罩戴上。

他進去。

在大片格子狀的水槽裡，看見大龍蝦、北海道雪場蟹，還有超大的貝類。

他肚子餓了。

這是生存的場域。

提供活著的人，最多蛋白質所在的海鮮市場。

人不多。

他沒有排在買海鮮便當的行列裡。

他今天參加了一場追思會。他想對仍為生活奔波的自己奢侈一些，他往點套餐的吧台走去。

年輕服務生，遞給他菜單。

他邊看邊問，生意有受影響嗎？

服務生嘆口氣，以前你來，肯定要排隊等很久，哪像現在！

他笑笑，點了一份鮪魚刺身，還要了一小瓶吟釀。

遞菜單給服務生，他笑著問，那為何前頭還是有一排人在排隊？

服務生替他結帳，笑著回答：「因為午餐便當特價，還附送水果、飲料。」

他啜飲著清酒。

今天的午餐，超過預算很多。

但他在回覆好友感謝他來送親人最後一程時，寫下：我們活著的人，把時光浪費在值得的事物上，是對逝者，最好的回報。

他，對著客人寥落的水產市場，舉杯，喝下清酒。

他珍惜美好，他摯愛親人，他要好好活著，浪費時間在美好上！

36

# 他想夢到那碗，熱騰騰的，瘦肉青菜荷包蛋湯！

突然鼻塞，流鼻水。

此時此刻，怎不緊張？

醫生叫我張開喉嚨，聽聽我的胸腔，問了問最近的旅遊史。

開了藥單。

別緊張，應該是季節變換，小感冒。

藥單裡，治鼻塞的藥，吃了會昏昏欲睡，要小心。

醫生開完藥，還跟我小聊怎麼看疫情的衝擊。

吃過藥。

翻了翻書。

還真是昏昏欲睡了。

躺在床上。有睡意，卻睡不著。

拉上窗簾的房間兼工作室，透進白日掩不住的光線，以及，戶外各種活著的世間聲響。

他鼻子塞塞。吃了藥，腦袋沉沉。

小時候，挺愛感冒的。可以不上學。

都是在村子裡的診療所看病的。

若發燒，會挨上一針。他反而寧可挨針，打過，痛一會而已。吃藥粉，很噁心。

他沒法一下子把藥粉全吞下。常常，藥粉黏到舌根，幾口水，仍吞嚥不下，不小心，就吐出來。

這一吐，有時連吃過的食物都吐光了。真

慘。

後來老媽用大湯匙，把藥粉混在水裡，調勻了，再讓他一口吞下。是比把藥粉倒進嘴裡，再喝水吞嚥，不噁心一些。

不過，湯匙裡的藥粉，也未必都調得很勻，湯匙底部，沾黏藥粉亦常見。這時，還是得再加點水，把它勻開，再吞嚥。還是很噁！

他寧可挨針，其次吃藥丸，藥粉是被迫不得已。

他吃藥丸可厲害了。

一次四五粒、五六粒，他也可以一口水，全吞下。頂多，再補上第二口水，以防萬一藥丸卡在喉嚨間。

這本領，到了長大後，職場上，他看見同事，吞兩三片藥粒，竟要喝下一大杯水！還要一粒吃完，喘口氣，連喝幾口水，再接下一粒，再歇息一會，再喝幾口水，再吃下一粒。

說真的，吃藥的人不急，看在他旁觀者，心裡早急得想替他直接把藥丸吞下！

但同事看他，一口氣，一包藥片，一口水，全吞下，也是目瞪口呆，像在看街頭藝人耍雜耍一般，歎為觀止！差點沒有丟銅板！

他想到剛剛看診回來，一包藥片，四粒，他仍是倒進嘴裡，一口水吞下，真像特技演員！

似乎，有藥效了。他昏昏欲睡了，但還沒睡著。

不遠處的學校，鐘聲在響。不知是上課鐘是下課鐘。

那些鐘聲，是所有台灣小孩都共有的記憶吧！

噹噹噹噹，噹噹噹噹。

安靜的校園，頓時騷動。那是下課鐘。

噹噹噹噹，噹噹噹噹。

譁然的騷動，逐次靜頓。那是上課鐘。

他若是值日生，會在大家上課的時候，近中午前，去大廚房，把營養午餐的桶子車推回教室旁，然後等著中午下課鐘響，幫導師分菜。

小朋友們唧唧喳喳，排隊領午餐。

他想著，那些小孩，有的禿了頭，很多都發福了，有的當奶奶爺爺了，當然還有至今單身的。

他覺得他快睡著了。

他翻個身，鼻子好像不太塞了。

年少時住家裡，每逢感冒，在家休息，母親必定為他剁碎一些豬肉，加一些青菜，混煮著一顆荷包蛋，熱騰騰的，端在他面前，叫他吃完後，吃藥，然後裹著大被子，好好睡一覺。

他邊吃，邊看母親做家務。

母親個頭不高，動作俐落。

做的瘦肉青菜荷包蛋湯，一流滋味。

他吃完後，吃藥，睡覺。

醒來，還真的，感冒好了一大半！

時光悠悠，人總是會長大，也會不時感冒的。

但母親卻漸漸老去，漸漸老去。

他快睡著了。

他想夢到那碗，熱騰騰的，瘦肉青菜荷包蛋湯。

37

# 在漫漫的路上啊，你要不暴怒，要不放生自己啊！

他無所謂的等著。

前方車子，打了左轉燈，卻遲遲不「敢」靠過來。

他真的無所謂，所以並沒有按喇叭催它。

還好，他的車後，暫時也沒有其他車子跟著，沒車叭他，他也就更不想叭前車了。

他不急。

行程不趕。

但他多少為前車躊躇不前，感到心急。

可以靠過來啦，不用怕，你打燈號打這麼久，還不換車道，你不急會急死後面的人啊！

他內心，清唱小劇院，你嘛幫幫忙吧！

但那部車，硬是沒敢換車道。任憑左轉燈，一直打。

他笑笑，輕輕按了一聲喇叭。提醒它，你不換車道，他就要開過去了。

他超過那部車時，往右邊瞄了一下。

駕駛座上看不太清楚是男是女，戴了棒球帽，戴了口罩，很專注的往前看，雙手抓住方向盤。

但他瞬間看到，副駕駛座上，一位中年男子，戴著口罩，右手對他揮了揮。左手拿著一塊黑底板白紙張。

他猜，口罩下的表情，不會太好看，但表面上很淡漠。

每個教練，要熬多久，才練得出不驚風、不驚雨的淡漠神情呢？

他駛過去。

後視鏡裡，那部車，還在打左轉燈，仍沒切換車道。

他笑了。

那車上副駕駛座的男子，真是神人啊！請他去演講「我的ＥＱ人生」，應該很有感！

他又笑了。笑自己內心的愛促狹。

這附近靠近動物園，平日車不算多，但路面超寬，駕訓班挑這一帶，讓學員練習路上駕駛，是很聰明的。

紅綠燈，有幾處，車輛卻沒有多到令初駕者不知所措，也不會少到沒有行駛路面的臨場感。

他平日進城區，若不想塞車，寧可繞道這條路。路程稍遠，心曠神怡。

近幾年，他明顯注意到，駕訓班的車子，在這條寬闊大道上，出現次數很高。常常不止一部，有時，接二連三。

他拿到駕照算相當晚，年近三十，才考照。之前，多半搭計程車。

他的妻子，岳父疼她，大學時便開一部小車代步。

有趣的是，妻子仍然對這城市的街道陌生，不過就那幾條常走的路熟悉。

不像他，開車晚，但喜歡記路記地圖。

以前沒有谷歌，沒有GPS，車上放本地圖，隨時查。

至今，他還是喜歡自己開車跑長程。

一路聽歌，心思亂舞隨風隨速度。

他從來沒愛上飆車飆速，所以也從來沒有玩車這喜好。

但他還是喜歡開車。載家人載妻小。

自己一人，尤其愛。

他妻子知道他愛一個人，找個咖啡廳讀書寫點東西。但未必知道，他也會一個人開車，隨便找條山路，在裡面閒逛。開到某個想停下來的地方，便停下。走出車外，望著遠方，隨意抒發些什麼莫名所以的情緒。

雲，總是那樣飄盪。

風，總是那樣輕擺。

日光，總是給人能量。

陰雨，總是綿綿情思。

一個人有一個人的自由。

一個人也有一個家庭裡無止無盡的負擔。

但你開車出來，在速度裡專注，在佇足處閒散，生命總還是有那麼些可以仰頭嚎叫的空間。

他高中時，在校園後山的發呆。

他大學時，跟朋友共騎機車的晃蕩。

他青年時期，與死黨的長夜漫遊，直到東方既白。

他婚後，一個人趁空檔的隨意驅車穿梭山徑。

人，總要打發他自己，如野獸如家畜一般，困惑的自己吧！

他被後面的喇叭聲，驚醒。

綠燈亮了。

他放鬆煞車，加速，打了右轉燈，車子要開上交流道了。

他不自覺的又笑起來。

因為他驀然記起，曾在網路上瞄到一則駕訓班的招生廣告：協助輕鬆考照。教練幽默親切用心。不暴怒不放生。

不暴怒，很辛苦。但我懂。

只是，不放生，什麼意思呢？

是不會氣到「叫你下車」?!還是不會氣到「懶得理你」呢？

他竟然一路開著，一路笑著。

真好，在自己車上，可以不戴口罩。

真好，其實人終會懂得，過了駕訓那一關，你的路上人生，才只是開始。

38

# 不讓當時已惘然。你要在乎「真實的」幸福，即便是瑣瑣碎碎！

女兒，要出門了。睡眼惺忪。

聽說，她跟媽媽講，這幾天熬夜，她感覺自己「變老了」。

我聽了，哈哈大笑。她才十五歲啊！

但妻子說女兒是認真的。

昨夜，她一邊熬夜做數學習題，還一邊敷臉。

我忍不住，又大笑。

真是沒同理心的老爸。

我怕妻子白眼。趕忙加一句：「昨晚我有幫女兒蒸了一個小饅頭當點心，她全吃完。」

女兒大考，她滿在意的，自己很用功。

爸媽看在眼裡，心頭卻心歡。

當孩子自己在意功課時，她自己會開窗，看風景。

做父母的，心情鬆懈一大半。成績好壞一回事，她肯當一回事看，才是我們開心的事。

然而我只要用想的，想像女兒數著臉，露出一雙大眼睛，盯著電腦上的數學習題，我就想笑。怎麼跟她媽一個樣啊！

睡太少的女兒，還是得要找到情緒出口。

我問她，很晚睡嗎？

她嗯一聲。

我問她，要換片新口罩嗎？

她沒搭腔。

我不作聲，遞給她新的。

她塞進書包。

車開到等校車處。

我回頭看她。口罩上，一雙迷濛的睡眼。

我問，數學習題都做完了嗎？

她簡短回我，不然咧！

真想狠狠瞪她。

但我沒有。

報應啊！報應。

我記得國高中時，我老爸也是這樣常遭我白眼的。

但老爸脾氣可比我爆啊！

有時他會火大，但多半還是沉默走出去。偶爾，我彷彿聽到他微微的嘆息。

其實，那時，我有時心頭也會有些不忍。我知道他很愛我。但我有一堆作業要寫，我有高中、大學，要考啊！

心頭一堆火氣。無處不在，無處宣洩啊！

是這樣的緣故吧！

到了女兒給我白眼時，我多半會先想到自己的年少，想到他爺爺。於是，我就欸一聲，深呼吸，輕吐氣。深呼吸，輕吐氣。算了。

我想，女兒心頭，說不定也跟我國高中時一樣吧，有點不忍。只是，她也被功課、被青春期荷爾蒙亂竄，給壓回去了。

女兒上了校車。

要下車前，我們父女一貫的默契。

我伸手掌，她輕輕拍一下。說爸爸再見。

我望著她，往校車走。上校車。坐在她固定的位子上。頭沒回看我。校車啟動。

我回應司機對我的打招呼，也揮手。校車緩緩，向上坡處，駛去。

女兒的一天，國三的一天，屬於她青春期的一天，又開始了。

我無從理解的，知道那是女兒自己生命的一環，我只能陪伴，讓她知道，我們，始終都在那，只要她回首，我們都在。讓她心安。即便此刻，她心煩。

我們無法記得生命裡的每一天。

這是很殘酷的人生本質。

即使你有寫日記、記筆記的習慣。那也頂多是讓你客觀註記下，每一天大概的樣貌。

你若十幾年後，再翻這些當年的日記。隨手翻，也許你也會驚訝，怎麼了，真是我的日記嗎？怎麼都沒印象了！

我們無法記得生命裡的每一天。

這何嘗不是人生的寬厚使然？讓我們不用承擔那麼重的記憶包袱！

有時，寫作也是一種對抗忘卻，典藏美好，記得痛苦的堅持吧！

我們無法記得生命裡的每一天。

但我們選擇記住一些些，我們要記住的愛恨與嗔痴。
我記得我給老爸的白眼，我記得他的嘆息。
我記得女兒給我的白眼，我記得她轉身離開時，輕輕在我手掌心拍一下。
我記得她在我臂膀裡的安睡。
我記得她被我抱起來迎向天際。
我記得她生病住院我在一旁焦慮陪伴。
我記得她念了小學穿上過大的制服。
我記得她參加管樂隊拍下第一張手持長笛的照片。
我記得她小學畢業她念了國中。
我記得學費單一張一張的疊起來。
我不要當時已惘然，我要記得這一些。

39

# 愛在疫情裡，痛在疫情裡，只因為你必須追劇啊！

你有追劇嗎？

不常，但也會看看。

你追了哪些劇？

嗯，之前看過《AV帝王》、《深夜食堂》、《孤獨的美食家》，疫情這陣子，也追了《屍戰朝鮮》、《佛洛依德》。還看了不少喪屍片，美國的，澳洲的，韓國的。

你都沒追什麼《愛的迫降》、《梨泰院》、《夫妻的世界》啊？

沒啊，怕追太多，一追下去，沒完沒了啊！

好多人追劇啊！

追到連媒體都在大篇幅的追，演小三的那

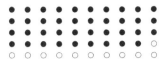

位，是小宋慧喬；演報復人妻的，跟英國原版差異如何。

連我一位臉書友，知名的教育專家，都不得不發文，說他陪了妻子追南北韓統一問題「南韓富家女征服北韓帥軍官」！

追劇追到必須表態效忠妻子，「隨侍在側」！這壓力可不小啊！

智慧型手機的年代，一機在手，無所不能。

疫情蔓延，少出門沒事，線上追劇趁勢而起。你追你的，我追我的，追完，同夥的，齊聲痛罵男主角賤，同泣女主角悲。

追劇最能看出哪部劇，真是紅！

總有一段時間，你真是置身社會壓力中，午餐時間，一票美女在聊玄彬穿軍服有多帥！（真想提醒她們，最愛北韓軍服的是金正恩！）

再不，便是爭辯孫藝真算不算美！（逼得我都得上網看一下，到底誰是孫藝真！）

突然間，緊急迫降結束，又來了什麼《梨泰院》、《夫妻的世界》！

你心想，這要追到什麼時候啊?!

永遠是沒完沒了的。

難怪讀書的人，愈來愈少了。

追劇，還是輕鬆很多，好看很多，你必須承認。

你當然不敢跟年輕同事說，「這有什麼，想當年，港劇《楚留香》紅的時候，整棟男生宿舍，幾乎全空，都跑到餐廳盯著電視。尤其當香帥要跟蘇蓉蓉浪漫時，僑生居多的人潮，必然冒出一句『丟～』。」

你不能這樣說，不然年輕的眼神會回你「誰是鄭少秋？」，再不然便是，「啊，他不是禿頭了嗎？」

傷心啊，連追劇，也會追出你的人生滄桑史。

難怪，你那大學教授友人，也只好跟著妻子緊急迫降在南北韓北緯三十八度線上。這樣，最安全，最安心，永遠與時代同行。

其實你也年輕過，你也時髦過啊！

你不也在日劇當令時，追過《東京愛情故事》，追過《101次求婚》嗎？

想當年，鈴木保奈美痴情到讓你淚流滿面，只因為你當時正失戀。

想當年，武田鐵矢其貌不揚，只因為肯低聲下氣，求婚一百零一次，最終抱得美人歸，你屢屢受到鼓舞，決心再戰，但最終是夜夜再哭！

奇怪，後來日子漸漸恢復平靜，追劇突然也就消失在你的生活裡了。

於是，後來很多的日劇，你都不熟悉了。

但日月如梭，後來，你發現台劇崛起，韓劇猖狂，這又是另一個新的世代了。

女兒長大了，常常在耳機裡聽韓文歌，房間掛滿 Twice、Wanna One 的海報，或加油棒。你少數知道的花美男，邕聖祐、朴志訓，都是因為女兒。

妻子嘴裡也漸漸有事沒事便是玄彬好帥，還有六塊肌呢。（很氣，真想回她，妳怎麼知道？妳摸過啊！）

他的日子於是韓風彌漫。

他甚至懷疑，哪晚他若夢到宋慧喬跑來他家，他也不會意外吧！搞不好，他還會來一句：당신은 너무 예뻐요！

尾音還要上揚，那個最後的發音 yeppeoyo 尤其要下巴微翹，嘴型嘛成性感模樣，像玄彬那樣！

於是，你便迫降在愛的世界裡。

但千萬不要醒來。

否則，夫妻的悲慘現實，立刻帶你進入另一個世界裡。而且，可能更真實。

40

# 愛與被愛，人生資產負債表裡最大的資產！

疫情持續。

被迫放無薪假的，多了。

減薪看來還算較幸運。

人在這時刻，多半變得惜福。

過去未必好，此刻卻珍惜。

在不安中，人是很卑微的。

他老是想到老爸老媽很不一樣的人生觀。

都是一無所有的相遇，除了愛情。

老爸敢娶，老媽敢嫁，兩人還敢生！

一生便生了四個小孩。每張口，從呱呱墜地起，便是開銷。

他後來常驚訝，爸媽是不會算數嗎？

一個接一個的生，還沒喘氣完，又一個張

口要吃喝。

若會算計的話，肯定不會生這麼多！

他是長子，稍微懂事之後，爸媽為生計傷腦筋，幾乎是以數十年計算的。

一家六口，吃，要錢。喝，要錢。拉撒，不用嗎？水電瓦斯雜支費用，哪樣不要錢？

他自己很早獨立，知道生活不易。

有時候，不知不覺中，某些價值觀，便隨著長年生活習慣，被生根於意識裡，都不自覺。

然而，你遇到另外一個人，在一起共同生活，這些價值觀，便又不知不覺的，相互扞格，彼此張力起來。

這就是婚姻啊！
這就是生活啊！
這也就是人生啊！
老爸是始終眉頭深鎖的。
漂泊的人生，一無所有。
結婚也是東拼西湊，勉強張羅出一個在異地的新家，最終成為新故鄉。
爸總是為明日的不確定，在張惶著。
老媽剛好在另一端看人生。
山高，她覺得是運氣。山谷，她亦覺得不過就那樣嘛！
明天繳不出學費，她照樣睡。長子長大後，她常對他說，幹嘛像你爸？一晚長吁短嘆，繳不出來不睡覺也是繳不出來啊，睡起來，再說吧！
他真心感謝老爸老媽。
老爸的謹慎，讓他們始終撐過困蹇，沒有失學的隱憂。

老媽的豁達，讓他們始終記得天下沒有熬不過的長夜。

在貧窮中，人是很卑微的。他懂，他在小學國中時，常為了全身最好的服裝就是制服這件事生悶氣。

但困頓也逼迫他，默默的，讓自己對自己的期望拉高了視野。他知道，那是他走出小城，跳躍人生柵欄，唯一的機會。

多年後，他扶持著老爸佝僂身軀，緩步過街。他撫摸著老媽粗礪的掌背，輕輕摩挲。

那都是歲月啊！

那都是人生的，說也說不清楚的，一種堅毅選擇啊！

怕什麼呢？

他單身很久以後，老媽總是對他說，怕什麼呢？我們再苦還不是把你們四個小孩拉拔大！

怕什麼呢？

你生了小孩，我幫你們帶！

那時，老媽已經七十幾了。

還是一副「奶奶理當如此」的豪邁氣魄！

怕什麼呢？

他在疫情蔓延，景氣低迷的時候，默默把帳戶，把貸款，把家用開銷，仔細整理了一遍。

他最大的資產，是妻子。她獨立，她顧家，她有享受生活不忘責任的超能力。她是他的神力女超人！

女兒是他的責任。他要讓她童年無憂，青少年無慮。老爸老媽是他的掛心。他沒有理由，讓他們感受到老邁的無助，時代動盪的不安。

他對自己還有很多的期望，要再墊高自己對生命的新想望。他還有那麼多扇窗，要打開。有那麼多條小徑，要探幽。

他怎能就那樣，在歲月的關谷前卻步，在時代擾攘的氛圍下停足呢！

他知道，自己的人生資產負債表裡，最大的資產是家人，是愛，與被愛。

他就是《薛西弗斯的神話》裡，每天推著石頭上山的巨人，明知到頂之後，石頭滾落，一切又將重來。

但，人生不會徒然。他的爸媽推過。他們夫妻也正在推。這社會上，很多人，都正在推，你也在推！

石頭是負擔，也是愛。

在不安中，人難免卑微。

但每顆卑微的心，都能為「愛與被愛」扛起最沉最重的日夜。

在一個疫情持續令人焦慮的周一早上，他如是的為自己按讚！

41

# 在時光沙漏裡，不要一手抓空，嚇出冷汗！

「大哥這段成長的過程和描述伯父伯母的個性人生觀的故事好感人喔……

真的到了結婚後很多夫妻之間又要找生活習慣金錢觀念的平衡點

甚至小朋友長大後兩代的觀念又更不同了至少我們都有幸學習到父母親的優點來加強自己還有適應自己的生活」

久居海外的朋友，看了我的臉書貼文，很感慨的回了文。

其實，應該是我也感慨吧，看了他的文之後。

本來，我應該去一趟他僑居的國度，看看老友，跑場馬拉松。

一場疫情，攪亂了安排。連他所在的國家，後來也封了城。他出不來，我也去不了。

明年吧！明年我們再聚，今年我們彼此祝福。

明年，今年。今年，明年。

留予他年說夢痕。

在一般狀況下，我們活在今年，規劃明年，想望他年，這幾乎不用懷疑。否則，你的人生就太憂傷了。

西諺說：「早上醒來，你若不確定太陽從東方升起，你根本下不了床！」

明天一如預期的來，而非意外先來。這是

我們活著的無言假設。

但一場疫情，讓我們體會了什麼呢？

我們從來都不曾真正懂，什麼叫「流光似水」，直到我們真的有點老了！

人生，是一座迷宮。

時光，是一個我們不知道能漏多久的沙漏。

年輕時，百無聊賴，常泡一家咖啡店，打發時光。

一個人，最愛坐吧台。

看師傅熟練的手沖咖啡。

吧台上，有幾組沙漏。店家的收藏品。

有的大如座鐘，要倒過來，挺費勁的，但一漏，可以漏上十幾分鐘，來回倒幾次，一個下午就不見了！

想想那時候，確實奢侈的青春啊，不知道就那樣，沙漏便漏出了自己臉上漸漸的風霜。

但我最愛的，還是小型的，外框精緻，如青花瓷。

漏一次約莫三分鐘。

倒過來，我趴在吧台上，盯著它。無聲，無息，沙粒從漏斗的出口，滴下。無息，無聲，把下端沙漏填滿。我再把沙漏翻過來，再盯著它。

時光，是無形的殺手。通常，我們都是浪費完以後，才懂的。

張愛玲說：「成名要趁早，晚了，快樂也沒那麼痛快了。」

我盯著沙漏時，肯定沒想那麼多。

時間還多的很。

我還年輕。眉梢望去，盡是春風，怕什麼?!

但我不知道，自己就置身於一座無形的大沙漏裡。整個人生在沙漏裡，細細碎碎的漏著，而且僅能漏一次，無從再來。一期一會，一漏一生，永不回頭。

我已經漏掉了沙漏的幾分之幾呢？

我親愛的朋友們。

誰能回答呢？

直到我自己存夠一些人生履歷後，每次有機會重溫孔老夫子在河邊的感嘆：「逝者如斯夫，不捨晝夜！」竟也頗有感動起來。

一天接一天的過去。

我們從歲月積木箱中，不斷抽取積木，墊高人生，但我們沒人知曉，箱中還有多少日月?!

直到同齡的朋友突然倒下！

直到我們的親人道別舞台！

直到有一天我們來不及說再見！

我於是開始警惕自己，當你把手伸進積木箱裡抽取積木時，要戒慎恐懼啊，你不知道還剩多少籌碼?!千萬不要等到，一手抓空，再嚇出一身冷汗啊！

疫情，莫名所以的疫情威脅，於人生，不會沒有意義的。

它讓我們清晨醒來，會感謝太陽在東方升起，即便是藏在陰霾天候裡。

它讓我們夜半聽到另一半安穩的呼吸聲，如海濤永恆拍岸。

它讓我們看到孩子倔強的臉龐，洋溢出未來的未來，某種無比的幸福感。

它讓我們擁抱起自己，平凡的美好，平淡的甜美。

我回了久居海外的友人：這段疫情，將使我們更為堅毅，不管沙漏裡還剩多少，都是完滿人生的開始！

但，我還附加一句：朋友，不要因為久居海外，標點符號也不會用了！

42

# 每張口罩臉，都有一生奮進的故事啊

滿街都是戴口罩的人。

大家行色匆匆。

以前，描述這樣的上下班街景，「絡繹不絕」、「摩肩擦踵」最貼切。

現在不成了。

每個人都盡量不跟旁人貼太近，即使戴上口罩。除非，本來就是同行的伴。

上下班人潮變得沒那麼擁擠，也可能跟不少企業，採輪班制，採居家上班，採遠距作業，有很大關係。

但市容不繁忙，總給人淡淡的傷感。似乎連街景都茫然起來。

走在街上，戴著口罩，人與人漠然相待。

這城市，真有世紀末的某種荒涼感。

但生活還是要過啊！

他走出捷運站出口。

摘下口罩，大口呼吸，想一吐胸中的悶悶。

他聞到一股淡淡的甜膩。交織著不同滋味。

不用想，這附近他太熟悉了。

一股甜，是地瓜烤熟了後，散發出來的，澱粉轉成醣類的甜膩。

另一股，是麻糬散發出來，參雜了花生粉香氣，沾滿砂糖的甜膩。

兩個流動攤商，做小生意的，在這捷運出

口擺攤擺了很多年。看來年紀都不小了。擺攤歲月，風霜盡在臉上。

他偶爾會買兩塊烤地瓜，也偶爾會買一小袋麻糬。都是童年的零嘴，一路吃到大。

買來，也未必因為餓，而是嘴饞。

撕一小塊地瓜，入口，熱騰騰，小學時，在同學家池塘邊，一群小孩自己動手烤地瓜的畫面，油然而生。

念書時談戀愛，小情侶在公館夜市，兩人依偎啃地瓜的世界，不知人生風雨。

麻糬是他客家血統裡，根深蒂固的食物。

外婆家永遠有一大鍋麻糬。挖起來，拋進大碗碟裡，灑滿花生粉、砂糖，溫熱柔軟的麻糬，沾滿花生粉砂糖，用筷子，撕開，一小塊一小塊，糯米的嚼勁，沾黏牙縫，滿齒留香。

不誇張，想到麻糬，他總想到笑瞇瞇的外婆。

他戴上口罩。

跟烤番薯的，揮揮手。今天還是買麻糬吧！

戴口罩的老闆對他笑笑。很熟練的，裝好一袋麻糬。

生意不好。一個中午，沒幾個客人。

他遞錢給老闆。

還是要做啊，不然吃什麼？

老闆嘆口氣。

他離開前，擺了個握拳的姿勢。

加油啊！愛拚才會贏。

往辦公室的方向走，沿街路人無一不戴口罩。

他總感覺每雙眼神都好疲累的感覺。

每張口罩後面的臉，臉後主導神態的情緒，情緒後發出指令的大腦，應該都很清楚自己所置身的時代氣氛吧！

這麼艱辛的時刻。

這麼難熬的時刻。

你又不能隨意說放棄。

每張戴著口罩的臉，肯定是要養活自己。此外，也可能要養活父母，要養活子女。

走在街上，露出疲態的每個軀體，都扛著柴米油鹽醬醋茶，水費電費瓦斯費，房貸車貸甚至學貸。

活著，就是要代價啊！

誰能輕易的說放棄呢！

要轉進下一條路口前，他回頭望了望剛才買麻糬的攤位。

老闆站在那，好像在出神。

他曾經跟他聊過。麻糬都是自己做的。一大早，在家裡蒸煮。備料。近中午前，來到這附近。攤位一擺好，便是近晚餐前才回家。生意對象，靠附近的學生、上班族。維持生活還可以，談不上發財。

他曾經安慰老闆，大家差不多啊！

維持生活，談不上發財。

生活最有尊嚴的本質，不是就這樣嗎？

靠自己的本領，努力地，認真地，有尊嚴地活著。

他的外婆，他的朋友，他的同事，他的親人，他在路上擦肩而過的每個陌生人，

戴著口罩，行色匆匆。在疫情的威脅下，仍然努力地生活著。

要走進大樓前，他摸摸口袋，那兩張電費瓦斯費，該繳了。

他往旁邊的便利店走去。順便買杯熱拿鐵吧！

這一天，還在奮進進行式。

# 43
# 追劇歸追劇，現實裡，你要追的，是心啊！

聽說疫情期間，很多人追《夫妻的世界》。

有人說，英國的原版就很好看，韓劇更辛辣。也有人搖頭，英劇比較寫實，韓劇太誇張了。

但一齣戲，要紅，怕的是沒人注意。愈多人熱議，愈好，愈紅啊！

妻子每次追《夫妻的世界》，都要撒嬌：「過來一起看嘛！」但他知道妻子純粹撒嬌。他即便不過去，才一會，她便融入劇情起伏，根本忘了他在幹嘛?!

欸，夫妻的世界嘛，怎麼會不了解呢。

但他也不是每次都斷然說不，或哼哈敷

衍。
偶爾，他也會靠過去，挨著妻子溫熱的身軀，看一兩段劇情。
偷情老公，膽敢在生日派對上，偷偷跟小三牽手眉來眼去。正宮發現原來只有她，只有她，被蒙在鼓裡，夫妻的朋友們多半都知道她老公偷腥了，而且跟小三也像朋友夫妻一般的聚會！
怎麼辦？這麼辦！你敢偷腥，我就偷人。妻子跟老公的會計上床，換取公司營運祕辛！
我眼睛邊看小螢幕，心中邊譙小劇場：
「這什麼跟什麼嘛！」

太離譜，太誇張，太不真實啦！

妻子大概發現我的小劇場。

不好意思的問，很誇張吧？

還好，真實偷情搞不好更誇張！

你怎麼知道？

我不知道啊！

那你怎麼會說，現實世界，搞不好更誇張?!

我是文青啊！小說、電影很多這類題材啊！

噢。妻子瞪瞪我。

還好，她又回去追劇了。

我藉故，要寫臉書。泡杯咖啡，窩回我的懶人沙發裡。

戲如人生，人生如戲。

我們從事媒體工作的人，都知道真實世界裡光怪陸離、無奇不有，有時真是戲劇小說都望塵莫及。

有段時間流行在當天晚上，把最新的新聞事件，當成模仿秀、脫口秀的主題，逗弄觀眾取樂。

看似誇張，卻又反映真實。

說反映真實，卻又誇張到不行。

到底什麼是真，什麼是假，或者，人生根本是一場秀呢？

我也是個寫作的人。

了解人性的奇特與詭異。

我們都有幾張面孔。在不同人面前，扮演不同角色。但我們的內心更複雜，讀《戰爭與和平》的同時，可以兼容日本AV女優的的動態。

每個人的心底，都有一個大櫃子，分門別類，藏著你的心事，你的記憶，或你的幻想。

正常狀態下，你懂得分辨真實與虛構。你知道倒垃圾的隔壁壯男、鄰居美女，就只能點頭之交，互相笑一笑。

妳絕不會幻想他是水電工，到妳家修水管，還順便修妳的幻想！妳不會。因為佛洛伊德已經告訴妳，妳會壓抑。不然，怎麼妳會突然有一天，做夢，竟夢到妳老公穿著水電工制服，向妳走來?!別怕，佛洛伊德也告訴過妳，這叫潛意識。

你應該要留心女伴的追劇，看她們追什麼？在意什麼？不要把她們的玩笑，不當一回事。

那也許流露出一股集體的潛意識。她們要愛，要一點點不同於現實世界的愛。

於是，你偶爾變裝，換個姿勢，討她們歡喜，或許是必要的。

妳也不妨關心一下男伴的態度。

他們嘴裡不說，眼梢也許早就留意到對街走來的俏女郎。

妳應該試探他，告訴他，那女的長得不錯哦，看他怎麼反應？

通常，我是這麼回答的：嗯還可以，但差妳一截！這時你要緊握住她的手，目不斜視，以示效忠。

但在疫情的當下，我會改成：嗯，戴了口罩，誰嘛看起來都不錯，但只有我知道，摘下口罩妳最美！

同樣，你要握緊她的手，心中有正氣，踢著愛的正步向前行！

夫妻的世界，真實版口訣：時時勤拂拭，不使惹塵埃。阿彌陀佛阿彌陀佛。善哉，善哉。

## 44

# 原來，大家都還在啊，都還繼續堅挺的活躍呢！

時間是把殺豬刀。

但又怎樣呢？

誰沒有年輕過?!

要比就來比老啊，你可不一定活躍到比我老啊！

注意哦，我用的是「活躍」二字哦！

誰都有年輕，但不一定誰都能「活到老」、「活躍到老」，不是嗎？

疫情期間，追劇話題成為顯學之際，突然看到日本《SUITS無照律師》第二季，邀來黑木瞳客串堅守原則的護士長，要跟織田裕二演對手戲。

頓時，我心底跑出幾個字：「哇，他們倆

還在哦！」

真是大不敬，他們倆不僅在得好好的，這齣戲的另一大咖，竟然還是鈴木保奈美！

還好，我不是在捷運上查到這訊息，否則，恐怕會「哇」一聲叫出來，然後，很想找位看來很像知道這幾個名字的大哥大姐，傾訴一下心中的激動。

但還好，我是窩在一貫看書的懶人沙發上。

那「哇」一聲，只在我心底翻騰。

織田裕二、鈴木保奈美的《東京愛情故事》，一九九一年紅遍全亞洲。被初戀困擾的完治（織田裕二飾），面對勇於示愛的莉香（鈴木保奈美飾），完全不知所措，踟躕再三，最後情歸陌路。當時兩位演員青春正茂，演出此劇紅極一時。男人在感情上的猶豫，女人對愛情的堅毅，彷彿預告了男女角色在情愛世界的主客易位。

一九九七年日本東映，把暢銷作家渡邊淳一的《失樂園》改編成電影，一炮而紅。

男主角役所廣司，憂鬱中年的氣質，女主角黑木瞳秀美聰慧的輕熟女形象，發展出最終死路一條的不倫之戀，橫掃亞洲票房。

聽說，在台灣上映時，電影院裡，很多中年男女觀眾，都不是夫妻檔？

不是夫妻檔，那是什麼檔呢？

別問我，我當時感情空窗期，這片子看了兩遍。一次自己看，黑暗中哭得稀里嘩啦。一次跟男性友人看，他哭得稀里嘩啦，後來才知道他正淪陷於「小三攻勢」，但「犀利人妻」又讓他放不開。

《失樂園》最動人心弦的，是點出了「外遇」最終無奈的美學：在不對的時候，遇上對的人；然而，付出代價後，外遇變成常規，婚姻的庸俗面，又將重複?!何必呢？

所以，電影海報上一句對白，令人心痛：我不後悔，沒有人能把我們分開。

從外遇極樂，到最終失樂，兩人選擇在最後一次赤裸做愛的高潮時，服毒殉情。淒美到了極致。

歲月是把殺豬的刀。

戲劇可以穿越時空，把人生的種種不可能，化為可能。但真實人生還是要自己一天天的過。

即使戲劇中的俊男美女，何嘗不是？

這麼多年過去了。

織田裕二、鈴木保奈美繼續演了很多角色，但真實世界，他們也得讓位給新生代的美女帥哥擔綱一線。

歲月都在他們臉上，佇足了風霜。

電影《失樂園》，選角役所廣司、黑木瞳，因為他們適合那個囚困於婚姻枷鎖裡的中年角色。歲月悠悠，他們也無所逃於光陰的重力，都是花甲之年了。

如今追劇的年輕男女，追的正是未來十幾二十年後，他們將緬懷的青春偶像。

時間很公平。

他們嫌我們講追劇，是在追一個逝去的年代。

沒關係，我們活得夠老的話，就可以在未來十幾二十年後，也調侃他們：怎樣？不是也掉入緬懷的長河裡嗎？

但想想看啊，這些你昔日追劇的偶像們，持續，持續的，在舞台上追逐他隨歲月而延展的新角色，這不也是很激勵人心的奮進嗎？

時間是把殺豬的刀，但殺不了你的美好記憶，卻反而粉刷你記憶城堡更璀璨的光澤。只要你，活得更久，更好，更活躍。

想想這疫情，算什麼，不是嗎？你還要堅挺地活下去呢！

45

# 小日子是大日子的突圍，來一杯慕尼黑咖啡

過日子，雖然就是過日子，不過還是有大小日子之分的。

我一直信奉這樣的差別。

大日子為生存過，為職場過，為在他人面前的某種形象過。

小日子為生活過，為夢想過，為自己心底的某些懶散過。

日子確實有大小之分的。

大日子，是你無可避免的，要跟很多人一塊交錯的，你不能決定速度、密度，常常被迫跟著走。

小日子，是你可以關起門，闔上窗，敞開心，去跟自己、跟自己最想親近的人，一塊

過的日子。
大日子你很難不說話。
小日子你可以很寡言。
但，差別還是心境。
大日子裡，你仍舊可以穿插小日子的心境。
小日子裡，你最好就把大日子的邏輯，統統丟在腦後，想都不要再想它。
我喜歡看上班族，在午餐的時候，穿著整齊套裝，閒閒散散的，在公司附近的小公園，小巷弄裡，隨意亂逛，輕鬆聊天的閒情。
當然最近他們是戴著口罩的。

他們也知道，不可能一整天都這樣的。

他們也知道，下午回去，豬頭老闆還要盯業績，豬隊友還會扯後腿。但此刻即此刻，你手上的咖啡是你的，妳身邊的閒散是妳的。這便是小日子哲學！

我喜歡看有些人，在狹窄的辦公桌上，放一小盆常綠植物，固定澆水。

我喜歡看有些人，放一個馬克杯，某年出國於某一城市帶回的。捧著它，喝咖啡喝茶，我明白他們的心思，瞬間脫離現場，飄逸遠方。

這是小日子，在大日子中的突圍。

我自己愛放幾本詩集，幾本隨手可以看完一段落的書。那是心情的遠足，走不遠，隨時可回來。但走走，大日子便豁然開朗起來。

戴口罩的集體氣氛不會好的。

你防我，我怕你。

走出戶外的時候，我想盡辦法，讓口罩暫時鬆口。

周末，送女兒上書法課。

都十點多了，大學附近的街道，人並不多。

附近有一些不錯的brunch店，沒開的沒開，不然出奇的人少。

我想找間小咖啡店坐坐，看書，等女兒下課。繞了好一會，店家大都關著。

我並不餓，只想喝咖啡。

這是我待了四年的母校附近。巷弄間，盡是昔日的記憶，雖然是很久以前。巷弄景觀因為店家的不斷更換，某些老樓的拆遷，新樓的矗立，時空變換了。

但大致上，走進來，人還是會掉進一股緩慢的錯覺感裡。彷彿外頭大街上，是螢幕前的表演，而這一片格子狀的巷弄小徑，是舞台後卸妝後的鬆懈。

我雖然是找咖啡店，卻意外的漫無目標閒逛起來。

我走過長巷，切進小弄，看到以前大學教授的老宿舍。

在小弄裡，看到好些異國情調的餐館。遠從地中海，到印度洋的，都有。

我聽見小孩歡樂笑聲。走過去，一棵巨大的老樹，遮蔽我抬頭後半壁的天空，加羅林魚木。兩條巷子的交界處。

我停下來，拍了幾張照片。傳給妻子看。她說真美。我說美在我不經意的撞見它。

我找到換了地址的咖啡店。

老闆端來一杯慕尼黑啤酒。我看看他，他很得意騙到了我。

這是一杯冷咖啡。不叫冰咖啡，因為沒那麼冰。

叫慕尼黑，因為用啤酒杯盛著，有三分之二的泡沫，細膩宛如啤酒滋味，但道道地地是咖啡，黑咖啡。

我啜一大口。喜歡。

我攤開書。

我的小日子，在臨街的咖啡店裡，迤邐蔓延。

此刻屬於我，待會屬於女兒。

張愛玲的世界
鄭樹森
編選
傾城之戀
對照記
香水
張愛玲研究
余四金
死生契闊與張愛玲
聯合文學
1837
Ottakringer

46

# 應該去拍一張全家福的，即便戴著口罩

我們應該去拍一張全家福，戴上口罩的。然後再拍一張全家福，不戴口罩版。戴上口罩的，標記二〇二〇，這個特別的年分。屬於全台灣人，屬於全世界的，共有的恐懼。

不戴口罩的，是我們一家，在時間的流光中，試圖留住我們一家在某一時點的光影。那我們應該在棚內，分開一．五公尺嗎？妻子，女兒，我，三人各距離一．五公尺。

還好，我們一家三口而已。換成大家庭，這麼站，像木人樁、梅花樁，好像在練武。

距離，是問題。

距離，也不是問題。

一場疫情，帶來口罩不離身，也帶來關於距離的沉思。

而距離的沉思，不就是感情的沉思嗎？

以前，我講親密關係的課，很愛舉的例：你跟他陌生時，在捷運上他莫名其妙逼近你，你覺得他變態。當你跟他跨越陌生，決心親密，他喝了一口可樂，他舔了一口霜淇淋，你搶過來，舔兩口，喝三口，對他以示親暱，對外宣示主權。

很奇怪吧，從陌生到親密，你還是你，她還是她，為何從距離到沒有距離，心的變化如此之大?!

女兒青春期，好像徹底忘了，童年時多麼黏貼老爸，現在稍稍一靠近，她整個人的反應就是「你幹嘛？變態哦！」似的。害老爸我傷心不已，望天興嘆。

但你也知道，她心中你還是老爸，有求必應的老爸。你從她的肆無忌憚裡，明白這就是愛，在她的成長的流域裡，此時此刻，父女之愛正穿過轉彎的淺灘，你必須小心翼翼維持距離。愛，才不至於擱淺。

距離，是必然，也是愛的提醒。

岳母突然住院。

你匆匆趕去醫院，處理住院的手續。

妻子與她的姊姊聯絡不上，醫院照順位，聯絡上你。

你匆匆趕去，心中別無懸念。

岳父過世，你是妻子娘家僅剩的男人了。

順位的距離，你排第三。妻子與姊姊，在前面。

但緊急狀況，找不到前面兩人，你被拉到第一線。

你填了單子，親屬簽字，醫生進行急救。

忙亂一陣。急性感染，發炎，丈母娘被推進急診室。

你坐在那，傳了簡訊，要妻子她們姊妹不用緊張，只是治療程序，需要親人簽字，並不危險。你也安排住院。慌亂暫時停止。

醫院裡，人來人往。

急診室永不停息的生死關頭。

能不進來，永遠不要進來。但，誰能有把握一輩子不進來呢？

進來後，有人來幫你處理手續，有人在一旁慌亂的照顧你，讓你感覺這世界有人跟你距離如此之近，如此之溫暖，這才是急診室對病人最春天的感受吧！

妻子不久後趕到醫院，眼眶紅腫，應該是一路哭到這吧。

你抱抱妻子，沒事了，沒事了。擁抱沒有距離。

妻子坐在安靜入睡的丈母娘旁邊。

不斷啜泣，不斷幫丈母娘擦拭臉龐因為一陣慌亂、一陣疼痛，而流淌的汗、流淌的淚。

母女之愛，不言不語，沒有距離。

你看到妻子忘情的，把擦拭過丈母娘眼角的面紙，往自己眼角擦。你伸手，攔住，你搖搖頭，另外遞給她一張新的面紙。妻子會意，把用過的面紙揉成一團，遞給你，你丟進消毒的回收桶裡。

親情沒有距離，但不知名的感染源，也不會因為你心疼，你孝順，就不會侵害你！親情沒有距離，生病還是要保持一點距離的。

此時此刻，你與妻子是零距離的。

你們都是生病的親人，最貼近的關心。

雖然你知道，改天妻子還是會嫌你這裡憨慢拖沓，嫌你那裡怠惰懶散。

但她會記得，那一天，你匆忙扛起第三順位的親人角色，趕到醫院，忙亂了一晚。

我們應該去拍一張全家福的。
即便戴著口罩。
人人應該拍一張全家福的。
在人生風雨沒有吹散我們彼此距離的時刻，留下一生一世的永恆。

47

# 這年歲你只能貪生怕死，你必須對身邊的人說愛久久

他年輕時，總以為就那樣吧，在自己最帥、最青春的頂峰，驟然結束。最美、最好的一面，便永遠了。

人應該像雕像，最完美的定格。

這是宿命，我們唯美生命的宿命。

他對朋友說。

然後，一口飲盡杯中的長島冰茶。

舉手投足，萬般灑脫。

青春是火，燒得透徹，燒得純粹。

但他不知道，最美、最好的一面，究竟應該停在哪個年歲，算頂峰？

過了三十，他覺得還可以再往前。

於是，四十來了。他原本該萎靡的，但他

迎來了他的妻子。美好啊，美好。

於是，要近五十了。他等到他的女兒。繼續美好啊，美好。

五十以後，他只能「貪生怕死」了。

不能再像年輕時，瀟灑的以為，人生盡頭可以說停就停！

他的妻子，要他好好活著，健康活著。

他的女兒，要他抱抱，勾手指，抱到一百歲！

他只能，貪生，又怕死了。

這是宿命！

他對自己說。

一杯威士忌，加了冰塊，在長夜裡，對著

窗外，綿長不夜的夜景，一個人啜飲著。

他大致上，是很健康的。

家族多半長壽。他又愛運動，跑步像隱喻，健身也健意志力。

人生是一本厚字典，充滿智慧。但你必須常常去翻閱它。

他看過不少朋友，帶著與生具來的家族基因，身體並不健康。

但他們意志力驚人，靠著自律，把自己的健康帶向連醫生都驚讚的程度。

其中一位對他說，我必須如此啊，不然怎麼對得起我一家大小呢！

那朋友的人生字典，是奮進，是自律，是不怨天不尤人。

他也有朋友，得天獨厚，天資穎慧，走路硬是有風。他怎麼看自己，都覺得這輩子只能遠遠看見對方的車尾燈。不料，有一天，那朋友說走便走了！突兀到絲毫沒有徵兆！

那朋友的字典，是意外，是天妒英才，是你永遠不明白的明天先到還是意外先敲門！

他自己的字典呢？

夜裡，女兒過來說爸爸晚安。

睡前，妻子紅著眼睛說劇情太煽情了他說噢那我抱抱。

清晨，他醒過來窗外有鳥鳴啾啾。

日間，他穿梭街頭在人來人往間扮演自己的角色。

午間，他在便利店點了熱拿鐵取了包裹付了違停罰單。

下午，母親打來說父親下次的回診要因為疫情而順延嗎？

傍晚，他依在玻璃帷幕前望著街上從大樓走出的下班人群每個人都有故事。

打完卡他步下停車場白天停滿的位子稀稀落落起來。

生活裡處處是隱喻處處有智慧。

你要停車時沒位子，你不想停車時位子挺多的。

連停車都像張愛玲的句子不早不晚就是剛剛好你到別人要走而已。

他漸漸懂得，一本人生字典，何時打開不由你，何時關上不由你。

一本人生字典，是薄是厚，不由你。

一本人生字典，填下怎樣的詞彙，年輕時你不懂胡亂填，沒人怪你。

中年以後，怎麼填，填什麼，你不能再怪別人，再怪這世間的無奈了。

酸甜苦辣是非黑白，都是你自己可以填寫的體悟。

中年以後，望著昔日的剪報、照片、文章，體重計上的現在，他知道他早就錯過了要在最像雕像的時刻，選擇完美定格的機會。

現在的他，過了完美顛峰的他，人生字典裡，為人夫為人父為人子，為人友為人部屬為人長官，他知道自己不盡完美卻因為周邊一圈又一圈的網絡，撐起了對世間更多的依戀。

到了這年歲，你應該貪生怕死，你必須對你身邊的人說愛久久！

48

# 我們所擁有的，最美好的時光

最好的，或，美好的時光嗎？

你被問到這問題。

你搔搔頭。

對擁有記憶倉庫的老男孩來說，這問題，不簡單。

你尷尬的調侃，美好時光，不至於是疫情的此刻吧？

若是，那也太嘲諷了。

但地球確實因為疫情，變乾淨了。

空氣確實因為疫情，懸浮粒子減少了。

老公確實因為疫情，常宅在家了。

老婆確實因為疫情，常追劇了。

但這些，卻是因為疫情，而疫情卻又導致

很多人因而生命受到威脅，工作因而不保啊～

我們能因為他人的受傷害，而慶幸自己的時光美好嗎？

他站在午後的街頭，看著戴口罩，穿越紅綠燈的人們。

每個人都是一個故事。

每個故事都交疊著其他人的故事。

在交疊的故事裡，我們的故事常常顯得渺小。

但那仍然是我們自己的故事啊。

站在路口指揮交通的義警。

路口旁舉著某個建案廣告的舉牌人。

穿越路口斑馬線的行人。
等著行人過後要右轉的摩托車騎士。
在騎士旁坐在車內盯著紅綠燈的汽車駕駛。
在路口旁散發售屋宣傳單的跛腳男子。
紅綠燈空檔輕敲車窗想賣掉最後一束玉蘭花的婆婆。
看著這一切不過是等紅綠燈的一分多鐘裡的你。
哪一個，沒有自己的故事？
哪一人，不是自己故事的主角？
但哪一位，又真能在人生的大故事裡真正喜歡自己的小故事呢？
綠燈一亮，你驅車前進，右轉，直行，脫離路口。
你轉進另一個場景，另一段畫面。
在加速行駛中的你，想過這一輩子，什麼時候是你的美好時光嗎？
童年？還很愚騃，什麼也不懂。

青少年？苦悶壓抑，什麼也不爽。

青年？試著做自己，但自己要開始受傷了。

而立之後？知道了現實與理想，是兩個不同的故事。

四十？不惑，其實是認命。

五十？知天命也是該知道自己的餘命了。

六十？能健康活著，健康檢查沒有紅字，你就覺得時光美好了。

你於是知道，女兒在童年時，美好是多麼的容易。

她下了課，你等她，她要跟同學再玩二十分鐘，等同學的媽咪來接。

她們玩猜拳，輸的人，把雙腳像一字馬攤開，每輸一次，便拉大一步，最輸的人，等於一字馬跨坐在地上。

你不禁笑了，難怪晚上女兒換洗的內褲，常常髒兮兮的。只要她穿裙子，玩這遊戲，小內褲就是髒的。

但你會阻攔她嗎？

不會。

這是她，單純美好，可以跟同學玩遊戲，又信賴老爸會等她，會安全把她接回家的美好時光。

但她以後會記得嗎？

多半不會了。

美好的時光，還會像電影情節一般，一幕幕，一齣齣的，迎向她的未來。

她會有自己的故事，她也會懂得做自己故事的主角，並不是一件人生容易的功課。

但她的老爸我，會一輩子記得這些他參與過的，女兒成長的瑣碎細節。

這就是他美好的時光啊！

你於是明白，何以當女兒唸了國中以後，坐你的車，經過一些十字路口，等紅綠燈時，你會按下車窗，伸手接一份廣告單，拿二十元買一串玉蘭花，兩個陌生人，彼此道聲謝謝。

然後你的綠燈亮了，你繼續往前。

這時，你會對已經長大，會堅持自己選擇的女兒說：

每個人，都有自己的故事。每個人，都會脫離爸媽的照顧，然後要照顧自己，要照顧家人。在路口上，每一個交錯照面的陌生人，都是一個故事的主角。我們伸手接一份傳單，買一束玉蘭花，都是在別人的故事裡，扮演一個助人的小角色。

我們小小的伸手，可能是別人日常的一股溫暖。

每個人都有故事，我們要默默聽懂別人故事裡的哀愁。

# 49 來，讓我告訴你關於夫妻的，真正的世界吧！

來，讓我告訴你，什麼是夫妻的世界吧！追劇正夯，但沒有幾齣戲，是真正「夫妻的世界」的。

頂多它們捕捉到了，夫妻生活的平淡，日常的瑣碎，軌道的重複，因而提供了戲劇化的、逃離現實的異想國度。

真正的夫妻的世界，是你是我，是我們，平常夫妻在過的日子。

我坐在那。

看著這個月，疫情影響，業績下降，但帳單還是一張一張的寄來。奇怪，疫情怎麼沒有影響郵寄的效率呢？

電費，水費，瓦斯費。

第四台，大樓管理費。

房貸，車貸，你該給爸媽的生活費。

妻子坐在那。

提醒你，還有小孩的補習費。

你們夫妻，對看一眼。你們好久沒有出遊了。

這個月，你爸生日。下個月，母親節。

妻子說，再省，也該給老人家慶祝一下吧！

你安慰妻子，不用操心。

你下去倒垃圾。透透氣。

涼風習習。垃圾車的音樂，恆久不變。

你站在路邊。鄰居接二連三的，陸續湧

出。

有人跟你點頭。你跟他人笑笑。

大家都戴著口罩。

你聽到有人說，他都是上網買的口罩。有人回他，是他爸媽幫忙排隊的。

垃圾車來了。你把兩三袋，分類好的垃圾袋交給清潔隊，你說聲謝謝。他沒有回應，認真地一袋一袋接下垃圾。

清潔隊員看起來年紀不小，也是一個丈夫、一個爸爸吧！

不知道他追劇嗎？他的夫妻的世界，有這麼多爾虞我詐嗎？

你回到家裡，洗洗手。

肥皂剩薄薄一片。你彎腰，在洗手台下，找新的肥皂。沒了，你再看看，連牙膏都剩下半截。

你在紙條上，記下購物清單：買牙膏，買肥皂，買牙線棒，買棉花棒。

你問妻子。還要買什麼？

女兒聽到了，她要雙面膠，藍色原子筆、紅色原子筆各兩枝，還要乖乖椰子口味的。

妻子說，順便買沙拉油，衛生紙，廚房紙巾，女兒用的洗髮精。

你一一記下。怎麼不買沒事，一買冒出這麼多！

你走到洗衣機旁，看看。還有一包洗衣粉，暫時夠用，不急。

你跟妻子說，乾脆現在去超市走走，免得明天臨時有事又走不開。

妻子說，那你順便幫我們買一點炸雞炸物吧！好餓。

你去了超市。

提著購物袋，按照購物單，一件一件買下。

錢真的不是錢。

兩張千元鈔票，瞬間找零。

你排隊等付款。

一對夫妻在你前面。兩人各提一個籃子，丈夫還拎着一大包衛生紙。再前一點，一位家庭主婦，買了一堆泡麵、衛生紙。

你的後方，一位先生模樣，剛下班吧，肩掛電腦包，手提一藍子青菜水果。他的手機響了，他回電話裡的聲音：有，我有買，什麼？還要啊，好好，掛完電話，他又往貨物櫃走去，應該是太太要他再買點什麼吧！

你提著袋子，走出超市。

路旁違規停了好幾部車。

你想起來才收到兩張路邊違停的罰單，還沒繳。又是路人舉報的。一張三百，兩張六百。

你把東西放在車上。到旁邊的便利店，繳了六百元。你心頭不是沒有幹譙。下次你也要路邊拍它幾張違停，消消氣。

你在回家路上，買了妻子要的炸雞炸物。

老闆問你要多少？

你掏出超市購物剩下的零錢，不到兩百了。統統吧！

等候雞塊在油鍋裡煎熬的時刻，你站在路邊，搖頭看著天空。

入夜了。淡淡的四月天，就要五月了。

夏天來臨時，一切會更好吧！

老闆叫你的號碼了。

你遞給他。他隔著口罩也認出你，說怎麼今天是你來不是你太太呢！

你傳了Line給妻子。貨到，即回。口氣像極了毒梟！

妻子回你，很好，很乖。

你載著一車的日用品，還有妻子女兒愛的炸物回家了。

夫妻的世界，是應付日常的世界。

這樣的日常，容不下小三，也沒餘力有小三。

50

# 你會好好活著的，我們都會，為我們的家我們的山林

陽光，豔豔。

連續十幾天沒有本土病例了。

路邊的鳥兒也開心地飛上飛下。

你送女兒上了校車。

她還是臉臭臭，但她竟然交代你，早餐要一個小饅頭，一個小花捲。胃口不錯。雖然昨晚，她要準備考試，睡得很晚。

你去了咖啡店。

買了一杯熱拿鐵。

陽光，大早便直射眼簾。

店員跟你打招呼，天氣真好。

是啊，天氣真好。

你握著熱拿鐵。

站在車旁，深呼吸。

該去練跑了。下半年，應該有機會把消失的幾場馬拉松加緊跑回來。

回家之前，你去了趟市場。

昨天買菜，牛肉攤老闆提醒你，今天有金門直接送來的紅糟牛。

你出現在攤位前，老闆開心的笑，你來就對啦，不會失望的。

你看著他，切下一長條牛肋。請他分裝成兩袋。人少，沒法一次吃完。

老闆開心對你說，他在金門當兵，家裡世代賣牛肉，金門的好友答應他，以後每周供應一次紅糟牛，吃高粱紅糟的牛哦！

你笑了。踏踏實實做生意的人。

女兒不愛吃豬肉，你只能在牛肉，在海鮮上，提供她蛋白質。

你沿著回家的路，慢慢開著。

上班時間。整個山坡的社區，車流紛紛匯集，擠進上班的主動脈。每天這時間，總要塞一陣子。你跟妻子剛好相反。她一早出門，你下午出門。

此刻，你逆向上班車流。

對向車陣一部連一部，碰上路口紅綠燈，突然就像堵塞的碰碰車，一部挨一部。

你輕鬆地往回家路上開。

每一部車，塞在路上的車，都是大早出門趕上班趕送小孩上學的上班族。

你看到妻子的車了，正面迎來。

她搖下窗，笑得燦爛。

你揮揮手。你生命裡，最溫暖的陽光。

你認識她時，就彷彿在陰鬱的房間，開了一口天窗。此後，你沒有太多機會自憐自艾。

你整理好菜肴。

澆水陽台上八九盆植栽。

陽光，豔豔。你有出門跑步的衝動。

你跑在陽光小徑上。

好一陣子沒跑了。疫情取消了好多場馬拉松，你也藉故偷懶了好一陣子。

人生都是有來有往的。你偷懶，肚子最貼心，圓一圈給你作紀念，小腿最清楚，

你爬坡時感到吃力了。

你大口的吸氣，把一整個胸腔灌滿。你大口吐氣，把一腔的悶悶吐出。

你跑著，跑著。

你瞇著眼，望向灑滿路面的陽光。

幾十億年了，地球上什麼悲喜，它沒看過？太陽底下沒有新鮮事。但它也一定明白，它帶給多少人，多少生物植物，那麼給力的能量！只要他們活著，願意努力的

活著。

你控制自己的節奏。

你聽著心跳噗通噗通的跳著。

你感謝啊！

一個花甲美魔男，還能跑。

一個滿臉風霜的男人，心底還有夢。

一個老男孩，走在街頭，可以牽著老婆女兒，慢慢的逛街。

他還有什麼理由，不感謝，不全力向前！

你跑著跑著，想起來這山上有老鷹家族，今天風和日暖，老鷹會出來吧？

你才想到，頭隨之抬起。

你雀躍了，那隻老鷹迎頭盤旋。

你握著拳頭，耶！

今天要練它十公里。

疫情總會過去。下半年馬拉松一定會有。

你活在當下。你跑在當下。

你要為下半場，調整好自己。

你心頭迴旋起，剛剛在車上聽到的，布農族小孩吟唱的那首歌〈從此刻起〉：「當想起我家和我的故鄉，那些土地和山林。從此刻起，我要努力，要好好的，我們一起等待美好且快樂的生活。」

你想像著，你在大山大海，壯麗川河，先民們頂起天，踏著地的土地上，奮力跑著，生命於焉展開。

你會好好活著的。

# 與世界一起散步
## 小日子小堅持

看世界的方法 173

作者　蔡詩萍
內頁攝影、圖片提供　蔡詩萍

美術設計　謝佳穎
內頁排版　華漢電腦排版有限公司
責任編輯　魏于婷

董事長　林明燕
副董事長　林良珀
藝術總監　黃寶萍
執行顧問　謝恩仁

社長　許悔之
總編輯　林煜幃
副總經理　李曙辛
主編　施彥如
美術編輯　吳佳璘
企劃編輯　魏于婷

策略顧問　黃惠美・郭旭原・郭思敏・郭孟君
顧問　施昇輝・林子敬・謝恩仁・林志隆
法律顧問　國際通商法律事務所／邵瓊慧律師

出版　有鹿文化事業有限公司
地址　台北市大安區信義路三段106號10樓之4
電話　02-2700-8388
傳真　02-2700-8178
網址　http://www.uniqueroute.com
電子信箱　service@uniqueroute.com

製版印刷　鴻霖印刷傳媒股份有限公司

總經銷　紅螞蟻圖書有限公司
地址　台北市內湖區舊宗路二段121巷19號
電話　02-2795-3656
傳真　02-2795-4100
網址　http://www.e-redant.com

ISBN：978-986-98871-4-4
初版一刷：2020年7月

定價：380元

國家圖書館出版品預行編目（CIP）資料

與世界一起散步：小日子小堅持 / 蔡詩萍著.
-- 初版. -- 臺北市：有鹿文化, 2020.07
面；　公分. --（看世界的方法 ; 173）
ISBN 978-986-98871-4-4（平裝）

863.55　　109007783